本当の寿命まで生き抜いたら
いつか笑って逢えるよね

田中 美幸

文芸社

本当の寿命まで生き抜いたら
いつか笑って逢えるよね

目次

第一章

父の死

人生最初の試練は突然やってきた。そうあれは、私がまだ幼い四歳の春だった。前日、病院から退院してきたばかりの父と一緒に、私はコタツに入っていた。いつもなら保育園に居る時間だが、その日は久しぶりに家に居る父と一緒に過ごしたいと、きっと朝から駄々《だだ》をこねたのだろう。小学校に通う四つ年上の兄と、三つ年上の姉が、羨《うらや》ましそうに玄関を出て行った姿が、おぼろげながらも記憶に残っている。

父と母と私。その日は三人で、久しぶりに親子の団欒《だんらん》をゆっくりと楽しむはずだった。

しかし、そんな想いとは裏腹に、無情にも現実はその日がとても悲しい一日となってしまった。

四歳の記憶にすぎないからか、精神的ショックが大きすぎたためか、その日の記憶は飛び飛びだ。

あれはまだ午前中のことだった。隣の家に住んでいた父の幼なじみである達郎おじさんが、

「おう、無事に退院してきたか?」

と、笑顔で玄関に入って来た。当時、私の家の玄関は、冬以外は常に開けっ放しのままだったので、近所の人はもちろん、よその犬や猫までもが当たり前のように出入りできる状態にあった。玄関から見て奥にある炊事場までは靴のままで入ることができ、炊事場の右横の空間には五右衛門風呂《ごえもんぶろ》が、そしてUターンをする形で小屋に繋がり、ドッポン便所にたどりつく、といった昔ながらの古い造りだった。

小柄で横に体格のよい達郎おじさんは、玄関口から少し歩いてやや高めの敷居《しきい》に腰をかけると、私と一緒にコタツに入っていた父に声をかけてきた。

しかし、父は返事をしない。

(何で返事ばせんとかなぁ?)

不思議に思い、おじさんの顔から父の顔へと視線を移した私は、そのまま固まってしまった。衝撃的だった。柱にもたれ座っていた父の鼻からは水のような液が流れており、目は半開きでうな垂れていたのだ。

父は脳梗塞《こうそく》をおこしていた。

慌《あわ》てて達郎おじさんが、奥の炊事場に居た母の名を叫ぶ中、私はとっさに百メートル程離れたご近所のおばさんを走って呼んで来たらしい。ご近所付き合いが濃厚な田舎だったためか、その後、あれよあれよという間に集まってきた大人達により、家全体がストライプの幕で覆われた。

（皆、いったい何ばしよらすとやろ？）

四歳の私にとって、これがお葬式の準備などとはわかるはずもなく、変わってゆく我が家を背後に、私は逆さに置かれた庭先の大きい壺の上によじ登り、小学校に続く道の先端をずっと眺めていた。目を赤らめながらバタバタと忙しそうな母には、とても構ってもらえそうな状況ではなかったため、ただ退屈で兄達の帰りを待っていたのだ。

だが、担任の先生から連絡を受け、泣きながら走って帰って来た兄と姉の姿を見て、今は笑ってはいけないんだ……という空気感を察した記憶が残っている。

葬儀中、涙を堪《こら》える兄と姉、そしてキョトンとしている私を見て、弔問《ちょうもん》に来た大人達は皆泣いていた。中には、私達きょうだい三人の頭に手の平をのせたまま言葉を詰まらせ帰っていく人もいた。

幸か不幸か、まだ死という事柄を理解できない私だけが平然と葬儀の様子を眺めていた。父が眠った棺《ひつぎ》の横で、クルクル回るちょうちん灯篭《とうろう》の光がとてもきれいだった。

そんな父の死後、なぜか私は父は星になったと信じていた。それも、一番大きく、一番輝く星に。

「お父さーん。お父さーん」

星の輝く夜は空を見上げ、大声で呼び、手を振った。その記憶だけは鮮明だ。満天の星の輝きで、空はどこまでも青く濃く澄み渡っていた。

あの時、そんな我が子を玄関先で見ていた母の気持ちを思うと、胸が切ない。

父と過ごした時間はわずか四年あまりだったが、一つだけ体感的にハッキリと覚えている思い出がある。近所のバス停から家までのわずか百メートル程の道のりを、父と母が私の腕を両方から持ち上げて、空中ブランコのように何度も揺らしてくれた時の感覚だ。

降《ふ》り注《そそ》ぐ太陽の光にも似た何とも温かなその思い出は、それから先の父なき生活を十分に支えてくれた、そんな気がする。

第二章

幼少時代

幼き頃より私は自他共に認める『おてんば娘』だった。それに加え自我がかなり強く、気に入らないことがあると、道の真ん中に寝転がりジタバタと抵抗する子どもでもあり、母親にとってはお手上げ状態の第三子だったようだ。

だが、同じ姉妹でも姉は私とは正反対で、とてもおとなしい女の子だったため、気がつくと私は隣に住む一つ年下の千佳《ちか》ちゃんといつも一緒に遊んでいた。千佳ちゃんは父の幼なじみの達郎おじさんの子どもだ。親子共に幼なじみで大の仲良しとは幸せなことだ。そしてまた、その千佳ちゃんも私と同じく、とてもおてんばな女の子だったため、かなり息の合った同士となった。

休日は毎日、毎日、朝から晩まで山に川に、畑に田んぼにと走り回った。

山犬や、ニワトリを追いかけ回し、時に追いかけられて転んだり、山道で縄と間違えヘビをつかんで心臓が止まりそうになったり、よそ様の庭に干してある唐辛子を好

奇心で潰し、その汁が目に入り自業自得の激痛に七転八倒したり、自転車屋さんで大きな発泡スチロールをもらい、

「船だーっ」

と、大喜びで小川に持って行き、乗った途端にひっくり返って全身びしょぬれになったりと、とにかく次から次へと懲《こ》りもせず飽きもせず、ひたすら遊び回っていた。膝小僧に傷がない日はなく、いつも膝小僧をタオルで縛って五右衛門風呂に入るというのが、私の入浴スタイルだった。

姉から言わせると、とてもついていけないぐらいの、いや、決してついていきたくないぐらいのヤンチャぶりだったそうだ。

そんな中、どうしてあんなことをしてしまったのだろうと、苦笑いする（＝かなり反省している）思い出が三つ程ある。

〈苦笑いの思い出　その1〉

千佳ちゃん宅にあった長い木のハシゴで登る藁《わら》小屋の二階から、ハシゴの下にいた犬をめがけて、千佳ちゃんと二人並んでオシッコを掛けてしまったこと。

〈苦笑いの思い出　その2〉
飼い猫を背中側から抱いて、その場でグルグル回転し、ボールのように千佳ちゃんにパスをすると、受け取った千佳ちゃんもまた回転して、猫が目を回すかどうかの実験を行ったこと。

〈苦笑いの思い出　その3〉

最後は、器用な達郎おじさんが、おてんば娘二人のためにせっかく造ってくれた屋根付きの小屋を、ほんの数日も遊ばない内に破壊してしまったことだ。

しかも、その破壊方法が凄まじかった。青いトタン屋根をプールに見立て、トタン屋根より高い場所にあった石垣の上から、

「さぁ、今日はプールで泳ごう！」

と、ごっこ遊びの延長で、またもや千佳ちゃんと一緒にその屋根の上へ飛び込んだのだ。

バリバリ。ズドーン。

数秒後、私達の足には釘が突き刺さり、二人共泣きわめいていた。怪我をして痛いことより、お気に入りの小屋を壊してしまったことの方が、ショックで泣いた記憶が

ある。

全く、後悔先に立たず、とはよく言ったものだ。

それでも達郎おじさんは、その後も父親のいない私達きょうだいに対し、千佳ちゃんと同様に竹馬や竹トンボ、空き缶ゲタなど、いろいろな物を作ってくれた。

また、千佳ちゃんの母親のナツコおばさんも、仕事で家に居ないことが多い私の母に代わり、よく畑や市営プールへ連れて行ってくれた。私達が何をしでかしても、いつも笑って許してくれる犬好きのナツコおばさん。そのナツコおばさんが運転する軽トラックの助手席には達郎おじさんが、そして、荷台には農具と農作物に埋もれて千佳ちゃんと私と、必ず犬が一、二匹一緒に乗っていた。

遠くの親戚より、近くの他人。

今でも達郎おじさん一家には、本当に感謝している。

第三章

教訓

小学校へ入学後も、そのおてんばぶりは相変わらずだった。いや、相変わらずではなくエスカレートしたと言った方が妥当かもしれない。

小学校から家に帰ると、ちゃちゃっと宿題を済ませ、すぐに自然の中へ出かけた。

相手は幼なじみの千佳ちゃんとだったり、保育園時代から大の仲良しになり、小学校でも同じクラスになった紀《き》っ子ちゃんとだった。女の子同士の遊びだというのに、あまりママごと遊びをした記憶はない。小学校に入り、体力が少しアップしたこともあり、大木の太い枝にロープを引っ掛けてターザンごっこをしたり、木片や廃材、ガラクタ等を集めて空き地に秘密基地を作ったり、山の中の土をスコップで掘りまくって洞窟の家を作ろうと試《こころ》みたりと、まるで男の子同然の遊びばかりしていた。

そんな毎日の中、子どもながらにあまり調子に乗りすぎるとよくないようだ、と考えさせられる出来事も幾度かあった。

〈教訓　その1〉

実家の目の前の道路で、母に、

「ちゃんと、右左右を見てから渡らんばね！」

といつも言われていたにもかかわらず、片方だけを見て道路に飛び出し、ものの見事にトラックにはねられたことがあった。きっと私のことなので、早く家に帰ってお菓子でも食べようとくだらない目的で慌てていたのだろう。幸い、トラックの運転手さんがとても良い人で、私をはねたあとすぐに病院へ運んでくれたため、その素早い対応のお蔭で大事には至らなかったらしい。大人の注意を無視すると痛い目に遭《あ》う、という典型的な例を身をもって学んだ。

〈教訓　その2〉

二階建ての家の高さ程ある山の急斜面を、上から一気に駆け下りることが、まるで忍者のようでかっこ良く感じた私は、ある日千佳ちゃんの前で、自称『忍法駆け下り術』を披露した。

ところが、その日に限ってあと地上まで二、三メートルという辺りで木の根っこにつまずいてしまったのだ。言うまでもなく、私は一瞬跳び上がるような形で宙に舞い、そのまま顔面から砂利道《じゃりみち》に落ちた。

「キャ～ッ。美幸ちゃん、大丈夫～？」

悲鳴を上げ駆け寄る千佳ちゃんに、私は痛みと涙を必死でこらえ顔を上げて見せた。が、その時ばかりはおてんば千佳ちゃんも青ざめていた。そりゃそうだ。なぜなら私の鼻の下はパックリと切れ、傷からの流血と鼻血が混ざり合いホラー映画さながらの状態になっていたのだから……。

傷が完治するまでの約一ヶ月の間、鼻の下に絆創膏《ばんそうこう》を貼っての登校は、さすがに私も恥ずかしかった。クラスの男子に、当時流行《はや》っていたドリフターズの『加トちゃんぺッ！』のようだとからかわれ、もう二度とつまらないお披露目《ひろめ》はやめておこうと苦笑した。


〈教訓　その３〉

母親にとってお手上げ状態の私は、母に叱られた記憶があまりない。いや、たぶん、叱られることが日常茶飯事《さはんじ》だったため、叱られているという自覚を持てずに過ごしていたのだろう。姉の記憶では、私がまともな日は殆《ほと》んどなかったそうなので……。

だが、一度だけ猛烈《もうれつ》に叱られた思い出がある。そう、あれは初めての夏休みの出来事だった。夏は日が長いため、子どもにとってはとても開放的な季節だ。ただでさえ遊びに没頭してしまう私は、その日も時間など全く気にせずに遊んでいた。しかし、ふと気がつくと辺りがかなり薄暗い。またもや千佳ちゃんと一緒だったのだが、その日はかなり山の上の方まで探検に来ていたため、見慣れない風景が急に怖くなり、二人して家へと続く山道を走り出した。途中、後ろを走っていた千佳ちゃんが転び、膝を擦《す》りむいて珍しく泣き出した。きっと、暗やみへと変化した山道がかなり怖くなったのだろう。私もつられて泣きそうになったが、取《と》り敢《あ》えず、泣いている千佳ちゃんの手をとると、また必死に走り出した。

ザワザワ、ザワザワ。

木の葉や、高く茂った雑草の音が耳に響き、何か山の魔物に追いかけられているような気がした。きっと今頃、家族は心配しているに違いない。ドク、ドク、ドク。心臓の音が体の奥から聞こえてきた。

やっとの思いで家の近くまで到着すると、案の定、千佳ちゃんと私の家族全員が家の外で心配し、そわそわしながら待っていた。特に母は、今まで見たことのないような鬼の形相《ぎょうそう》に変わっていた。七歳と六歳の二人が夜八時を過ぎて帰宅するなんて、お怒《いか》りはごもっともだ。しかも年上は私。いつの時代も年上は年下に見本を見せるべき責任がある。母は千佳ちゃんの両親に頭を下げていた。

千佳ちゃん一家が帰ると、爆発寸前の母を兄達が息を潜《ひそ》めて見守る中、私は庭先にあった木の電信柱に縄でくくりつけられた。その後、家で飼っていた秋田犬のチビが私の傍《そば》に寄って来て、涙顔の頬《ほほ》をペロペロと舐《な》めてくれた記憶と、兄達が時々心配そうに小屋の方から様子を見にきてくれた記憶はあるが、図太くもそのまま寝てしまったようだ。翌朝、目が覚めると、自分の布団の中に戻されていた。

まぁ、兎《と》にも角《かく》にも、家族に心配をかけてしまう行動は、良くないことだと、珍しく深く反省した出来事だった。


〈教訓　その4〉

小学校三年生の休日、我が家には私の同級生が三人と姉の友達が一人遊びに来ていた。母は仕事、兄は部活動に出かけていたため、いわゆる女社会の空間になっていた。小学校も中学年になると、もう女ならではのジメジメとした部分が顔を出し、長所より、意地悪な新芽が発育する年頃だと思うのだが、正にその日は、私の中の悪い芽が活発に顔を出した日となった。

事の発端は、姉の友達が千佳ちゃんの悪口を口にしたことだった。その時期、ちょうど千佳ちゃんと、近所に住む年下の男の子が仲良く遊ぶようになったことに対し、やや嫉妬《しっと》を抱いていた私は、姉の友達に乗っかり千佳ちゃんの悪口を言い始めたのだ。幼い頃からいつも一緒に遊んでいた千佳ちゃんの悪口を言ってしまうなんて、本当に女の嫉妬は醜《みにく》いものだ。その後、その根も葉もない悪口は、その時家に居た皆の案で手紙に姿を変え、家の近くで男の子と遊んでいた千佳ちゃんの手に渡った。私が手渡した記憶はないので、たぶん姉の友達が渡しに行ったのだと思うのだが、その行為を誰も止める者はおらず、黙認という形の集団イジメをしたのだ。

それから半時間程経っただろうか、まるで、してやったかのように何食わぬ顔で遊んでいた私達のすぐ側で、怒鳴り声が響いた。

「なんか、こん手紙は！　うちの千佳は泥棒なんかする子じゃなか。誰が書いたとか知らんばってん、謝らんか！」

ビックリして、皆で一斉に声の方を振り向くと、玄関先で達郎おじさんが仁王立ちをしていた。初めて見る達郎おじさんの怒り顔《いか》だった。子どものケンカは仕方がないこと。でも、いくらケンカでも、何もやっていない自分の子どもを泥棒呼ばわりされるのは、どうしても許せない、という怒りだった。

その、あまりの迫力に、私達は返す言葉もなく、また謝ることすらできず、ただ硬《こう》直《ちょく》して立ちすくんでいた。

（は、早《はよ》う、謝らんば……）

達郎おじさんの背中に隠れるように立っていた千佳ちゃんに、勇気をふり絞り、ゴメンネ、を言おうとした、次の瞬間、

「ただいまー」

部活動に出かけていた中学生の兄が帰って来てしまったのだ。

（あ～っ、最悪）

一歩、家に足を踏み入れた玄関先で、すぐにその場のピリピリとした空気を読み取った兄は、達郎おじさんから事情を聞き始めた。その間私は、初めて額《ひたい》から冷や汗が出る感覚と、同時に、顔面の血の気が引いていく感覚を体感していた。

一部始終を理解した兄は、

「美幸、睦美、こっちに来い！」

と、とても低くドスの効いた声で、妹二人を呼びつけた。

「……はい……」

聞こえるか聞こえないか、蚊のなくような声で返事をし、恐る恐る、兄の前に近づいた。

が、到底、兄の目を見ることなどできず、顔を伏せていると、次の瞬間、突然頬に強烈な痛みが走った。

パン。パン。

静まり返る空気の中、兄の手が姉と私にとんできたのだ。生まれて初めてのビンタだった。すかさず聞こえた、

「早《はよ》う、千佳ちゃんに謝らんか！」

と言う兄の言葉で、頬を押さえ、目を潤ませながら、ようやく素直に、

「千佳ちゃん、ごめんなさい……」

が言えた。

その後、私達に続き友達皆も謝り、その場はひとまず、落ちついた。

まさか、あの兄にビンタを喰らわされるなんて。

男まさりの私は、小さい頃から兄とは毎日のようにくだらないことでケンカばかりしていたため、兄は対等の関係だと思っていた。しかし、この時のビンタで、初めて兄に対し尊敬の念を抱いた。もしも父が生きていたら、きっと父からビンタをもらっていたはずだ。父の代わりとなってくれた兄に、ちょっぴり感謝した。

この日の出来事を境に、私は人の悪口を言うことが極端に少なくなった気がする。

人の悪口を言ってしまうと、相手や周囲の人を傷つけてしまうだけでなく、最終的には言った自分も同じように嫌《いや》な気分を味わうことになる。悪い種を蒔《ま》くとあとで必ず自分に返ってくる、ということを痛感したからだ。

人生において、早い時期にこのことに気づくことができ、本当に良かったと思う。もし、何も気づかずに過ごしていたならば、きっと私は大人になるまでに沢山の友達を失っていたことだろう。

もちろん、千佳ちゃんとはすっかり仲直りし、元のおてんばコンビへと復活した。そして達郎おじさんもすぐに、以前と変わらぬ温かな笑顔に戻ってくれていた。

第四章

母

私の母が未亡人となったのは三十四歳の時だった。八歳の息子と、七歳と四歳の娘を抱えた母は、女手一つで、私達を育てるために一生懸命働いてくれた。私が覚えている限り、まず保育園の調理場に勤め、私が小学校に上がる頃には私立図書館の清掃と雑務、中学校に上がる頃には病院の看護助手の仕事をしていた。

おそらく、私達の学費が上がるに連れ、給料が少しでも高い仕事へ転職していったのだろう。

いつも慌《あわただ》しく仕事に出かけていたため、母の休みが日曜と重なる日は、朝も遅くまで一緒にゴロゴロでき、ほのぼのと幸せを感じた記憶がある。

また、未亡人になったばかりの当初、母はオートバイの免許しか持っていなかった。そのため、私達が風邪をひき高熱を出すようなことがあると、いつもオートバイで病院に連れて行ってくれた。おんぶ紐で私を背負うと、その上から分厚い半てんをまとい、いつも私の全身をすっぽり包み込んだ状態で、母はバイクに跨《また》がった。エンジンをかける時、片足でペダルを数回踏み込む際の振動や、走行中のオートバイの振動、そして寒い冬も、母の背中と半てんに包まれてホカホカと、とても心地良かったことを、大人になった今でもよく覚えている。

だが間もなく、家族四人のバイク移動に限界を感じた母は、自動車学校へ通い始めた。家庭の事情で中学校にもろくに通えなかった母が、三十代半ばにして運転免許を取ることは容易ではなかったそうだ。また、当時はオートマ車限定などなく、すべてがマニュアル車だったため、技術的にも難しかったらしい。しかし、母はどうにかこうにか車の免許を取得した。

おてんばな私にとって、オートバイとさよならをするのは少し残念でもあったが、雨の日も風の日も、家族四人でどこへでも出かけられるようになったことは、やはり大変便利だった。

免許の取得後、父のいない私達に対し、母はよく家族サービスを心がけてくれた。休みの日は、家族皆で二時間余りかかる温泉に出かけたり、数ヶ月に一度はファミリーレストランや、焼肉屋さんなど外食にも連れて行ってくれた。

このような家族団欒の中、母は時々、母自身の昔話を語った。六人きょうだいの五番目だった母は、兄や姉達とかなり年齢が離れており、母が中学生の頃には既《すで》に年上のきょうだい達は家を出ていて、居なかったそうだ。それに加えて、目の不自由な父親と、病弱な母親の面倒を見なければいけなかったため、母と末っ子の弟はまともに中学校にも通えず、しかも母が二十歳になる前に両親は他界してしまったそうだ。だから私は母方の祖父母のことは全く知らずにいた。小学生の私にとって、母の生《お》い立ちはまるでテレビドラマの話を聞いているかのようだった。

また、生い立ちだけではなく、親戚の取り持ちで有無を言わせず結婚することになった父方の親戚とも、いろいろと問題が起きていた。

父自身は心根の優しい人だったが、父の死後、母は父のきょうだいや親戚に辛《つら》く当たられていた。特に父の遺産関係では、母が受け継ぐはずのそのほとんどが、父のきょうだいに奪われてしまったようだ。

父方の親族に対する母の精神的苦労が現在進行形であることは、幼い私にも薄々分かっていた。中でも、同じ地区に住む、妻と二人暮らしでとてもパチンコ好きな伯父が、子ども三人を養うために必死で働く母の元へ、時々お金を借りに来る行動は、子どもながらに腑《ふ》に落ちなかった。たまには、姪《めい》や甥《おい》の私達に小遣いくらいくれたってバチは当たらないだろうに……。小遣いどころか、その逆だったのだ。成長するに従い、いつしか伯父を見る私の目は軽蔑《けいべつ》の眼差しに変わっていた。

片や、母の弟である叔父も同市内に住んでいたが、こちらの叔父は当時ラーメン店を営んでおり、私達が注文したにもかかわらずラーメン代はいつも、

「よか、よか」

と、おごってくれた。

ラーメン店の叔父は母と共に、幼い頃より苦労をし、タクシーの運転手をしながら資金を貯め、念願のラーメン店を開いたらしい。

子どもの私から見ても、そんな叔父と母はよく似ていた。頑張り屋で意地があり、でも周囲の人に対してはとても思いやりがあった。

若い頃の苦労は買ってでもした方が良い、と昔の人は言ったそうだが、本当にそのとおりかもしれない。

苦労をし、人の痛みが分かる人間は、きっと他人に優しい。まだ子どもの私には、それ以上深く分析することはできなかったが、同じ大人でも人格が違うのは生きてきた過程が大きく影響していることを感じ始めていた。

そういえば、そんなお人好しの母を困らせてしまった出来事もあった。

私が小学生の頃の話だ。リヤカーに布団や生活用品を積み込んで、しょんぼりと道

を歩いていた一組の老夫婦を見かけた私は、思わず声をかけ、家に連れて来てしまったのだ。当時はホームレスの人がいることなど、知るよしもなかったため、薄汚れた服を着て歩いているその老夫婦が、いったいどんな状況にあるのか全く分からなかった。背を丸めて弱々しく歩く老夫婦を、少しでも元気にしてあげたかったのだ。

夕方、仕事から戻った母は、玄関先にリヤカーと並んで座り込んでいる老夫婦を見て、ビックリしていた。その時、母と老夫婦がどんな会話をしたのか記憶には残っていないが、家にあるありったけの食べ物を母から受け取った老夫婦は、頭をペコペコと何度も下げ、どこかへ行ってしまった。老夫婦が去った後、

「何とかしてあげたかばってん、こんくらいのことしかできんばい……」

と、母がポツリと呟やいた。

とても切なそうな表情をしている母を見上げて、母を困らせてしまい悪かったなぁ……と思うと同時に、人間はいくら人に親切にしてあげたいと思う気持ちを持っていても、どうにもならないこともあるんだ……と、複雑な心境になった。

だがこの出来事は、その後〝ボランティア〟という言葉に関心を抱く良いきっかけとなった気がしている。

母が、いや私達家族が、生活保護を受けている状態だったとは、もちろん知らなか

ったのだが、生活保護を受けている人間が、他人を経済的な面で援助することなども
っての外《ほか》だったのだ。

第五章

本からのプレゼント

私が小学校に入学する頃、母の仕事も保育園の調理場から私立図書館の清掃と雑務の仕事へ変わった。そのため、土日に母が出勤の日は母の仕事終わりを待ちながら、図書館で過ごす日々が多くなっていた。図書館なので、当然のことながらオモチャなどはなく、毎回ずら〜っと並ぶ本の中からその日の気分に合った本を選び、ただひたすら読書をして母の仕事終わりを待っていた。

そんな一年生の秋、図書館の職員の方から、

「毎年、秋に読書感想文のコンクールがあるけん、美幸ちゃんも感想文ば書いてみんね？」

と勧められ、促《うなが》されるままコンクールへ応募することになった。

当時、大好きだった『はらぺこプンタ』という本の感想文を書いたのだが、なんと特選賞をいただいたのだ。頑張ったご褒美《ほうび》にと、母から、私の背丈《せたけ》程ある大きな猫の

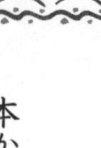

ぬいぐるみを買ってもらったことがとても嬉しく、小学生の間は毎晩のように抱いて眠った。

小学一年生で、本を読み自分の思いをまとめる楽しさを知った私は、その後も毎年、読書感想文のコンクールへ応募し、結果、ありがたくも六年生まで何らかの賞をいただいた。そういえば五年生の秋に、『五年連続特選おめでとう』というタイトルで、新聞に顔写真が載せられたのだが、緊張でひきつった笑顔をたくさんの人が見たのかと思うと、恥ずかしくてその日だけは欠席したいと思った記憶が残っている。だが、その新聞は母の手によって額《がく》に納められることとなった。

母は辛くても悲しくても人前では決して涙を見せない人だったが、この読書感想文の受賞式の時だけは、毎年のように目を潤ませていた。親の嬉し涙は子どもにとってとても照れくさいものだが、母が喜んでいることは確かだったので、これも親孝行の一つになったらいいなぁ……と感じていた。

今世紀、世界中には数えきれない程の本が溢《あふ》れかえっているが、私にとって本は、『たかが本、されど本』

なのだ。母も読書が大好きだったので、私達親子は本を通して生きる活力をたくさんもらったような気がしている。

本を読み疑似《ぎじ》体験をして、想像力を高めることは、いつの時代にも必要なことではないだろうか……。その場限りの感情を想像力でコントロールできる人間が増えたとしたら、世の中の犯罪は、多少なりとも軽減するのかもしれない。

第六章　言葉の暴力

四歳で父を亡くした私は、物心ついた時から母子家庭の生活がごく当たり前になっていた。強がりでも、見栄《みえ》でもなく、父親のいる家庭を羨ましいと思ったことは一度もなかった。だが、小学校五年で受けた言葉のイジメで、初めて他の家との違いについて考えることとなった。

当時クラスで口の悪い男の子二人と同じ班になったのが、そのきっかけだった。学校へ行くと毎日のように、その子達から『貧乏』を臭わせる言葉で、からかいを受けるようになったのだ。

元々、幼い頃から負けん気が強かった私は、低学年の頃に一度、クラスでただ一人いじめても泣かない女として、悪ガキ大将に目をつけられたことがあった。でもその時は、掃除の時間にホウキや鉄でできたチリ取りの投げ合いをして勝負がついた。お互い足に怪我をした末、先に泣き出したのが自分から仕掛けてきた悪ガキ大将だったからだ。

だが高学年にもなると、今度は頭脳プレーが加わり、体力的に強いガキ大将タイプより、ずる賢い男の子達がクラスの中心に成り代わっていた。

その男の子達から、お下がりの多い私の持ち物や服装に対して、何かにつけ貧乏という言葉を浴びせられた。最初は気にも留《と》めず笑って聞き流すことができたが、こうも毎日毎日言われ続けると気分もブルーになるもので、だいたい、どうして『貧乏』という言葉でからかわれなくてはならないのか？　と、日々ふつふつと疑問が湧き始めていた。確かに男の子達の家庭のように、ファミコンや、ピアノ、エレクトーン等の高級品はうちにはなかったが、そもそも欲しいと思ったこともなければ、学校の必需品で困ったこともなかった。ただ鉛筆や消しゴムは、最後まで大事に使っていたので、筆箱には短い鉛筆がたくさん入ってはいたが、それのどこが悪い？

母は父の分まで働いて、私達を何不自由なく育ててくれているのに、どうして貧乏人扱いをされないといけないんだろうか？

また、たとえ貧乏人だったとしても、貧乏人の何がいけないのか？

私の思考は巡りに巡り、最後には私の家族までが馬鹿にされているような気がして、不愉快な思いはいつしか怒《いか》りに変わっていた。

そしてある日、とうとう爆発してしまった。

本来であれば、楽しいはずの給食の時間。

だが、給食の時間は同じ班同士、机を向かい合わせて食べていたため、大嫌いな男の子達は私の目の前に座っていた。そして、いつものように、

「こがんおかずは家では食べられんやろう？　俺のも喰うや？」

などのからかいが始まった次の瞬間、私は右手に持っていた牛乳を男の子達の顔にぶっかけた。

バン！

牛乳瓶を持った手を、そのまま机に叩きつけると、

「もう、たいがいにしてよ！　あんた達はそがん金持ちで偉《えら》かとや？　だいたい、貧乏やったら、何《なん》が悪かとね？　あんた達に迷惑でもかけとっとや?!」

と、隣のクラスにまで響き渡る程の怒鳴り声で、それまで押し殺していた感情を吐き出した。あっけにとられる男の子達に、続けて、

「そりゃあ、確かに両親そろっとるあんた達の家と比べたら、うちは貧乏かもしれん。ばってん、お母さんは一生懸命働いて育ててくれとらすとに……」

そこまで口にすると涙を堪え切れず、机に顔を伏せてウォンウォンと泣いてしまっ

た。

初めて皆の前で泣いたことに加え、物凄い憤慨《ふんがい》ぶりだったため、皆ビックリしたのだろう。しばらくの間、シーンとクラス中が静まり返っていた。だが間もなく、野次《やじ》馬根性《うまこんじょう》で様子を見に来た他クラスの生徒達の、

「何《なん》や、何《なん》や？」

「どがんしたと？」

という声で、クラス中がざわついた。


その日の昼休み、一部始終を後ろの席から黙って見ていた四十代で男性の西先生が、男の子二人と私、そしてもう一人、私と同じく母子家庭で五年生に入り転校して来たユリちゃんの四人を、校長室に呼び出した。

ユリちゃんもまた、その男の子達からいじめを受けており、弟達まで靴やランドセルにいたずらをされたり、口に含んだ水を吐きかけられたりしていたようで、それを知った西先生は、とても厳しく叱ってくれた。男の子達がはじき飛ばされるくらいのビンタと共に……。

その後二人は泣きそうになりながら、

「俺達が悪かった。本当にごめん」

と謝ってくれ、それからは何のわだかまりもなく、徐々に仲の良いクラスへと変わっていった。

今回の一件で、ユリちゃんと私は家族ぐるみのつきあいになった。全く面識のなかった親達も、同じ気持ちを分かり合える者同士だからか、すぐに仲良くなっていた。

大人になった今でも思う。あの時の担任の先生が西先生で本当に良かったと。

西先生はいつも、五十センチ程の長さの細い竹棒を手に持ち、宿題を忘れたり、悪いことをした時などは、罰としてその竹棒で手の平側の指先を、ビシッと叩くような先生だった。今の時代からすると、体罰に当たってしまうのかもしれないが、その当時は親も子も苦情を言う者などあまりいなかったのではないだろうか。子どもも自分の行いが悪いから叩かれていることを十分分かっていたし、何より西先生からは本当に子ども達を思う愛情が感じられたからだ。

また、西先生はバスケット部の顧問でもあったため、バスケ部だった私は先生の教え方により、ますますバスケットが大好きになっていった。

第七章　中学時代

中学生になった。誰もが通る思春期への突入だ。思春期というのは、自分自身がとても厄介で思考回路が整理できず、思っていることと、やっていることがバラバラになってしまう時期だ。

私にもそれが著明に現れた。

心の中では小学校に引き続き、バスケ部に入りたいと思っていたはずなのに、中学校で出逢ってしまった意地悪な先生の一言に反発し、陸上部に入ってしまったり、苦手な女友達に対し心の中で壁を作ってしまったりと、日々自分なりの葛藤があった。

そんないろいろな心の葛藤からやっと抜け出せたのは、中学二年生の後半だっただろうか。

せめて中学校の最後の一年間は、自分の気持ちに正直に、好きなバスケに打ち込んで楽しい思い出を作りたいと、やっと自分の気持ちを切り替えることができたのだ。

思春期というのは、本当にどうしてこうも厄介なものなのだろう……。

だが見方を変えれば、順調に成長している証ともいえるので、大人への階段を一つクリアできたことになるのかもしれない。

そういえばこの頃、兄のあとを引き継ぐ形で新聞配達のバイトを始めることとなった。

新聞配達は、保育園の頃からとても仲良しだった紀っ子ちゃんも既にやっており、そのバイト代で自分の服や文房具等を買っていた紀っ子ちゃんを、陰ながらいつも偉いなぁと思っていた。そのため、自分も新聞配達ができると分かった時は、嬉しくて心が弾んだことを覚えている。

だがその思いは、真冬の新聞配達を幾度も経験する内に徐々にしぼんでいった。

冬の早朝四時台起きは、まるで真夜中だ。手がかじかむほど寒いのも辛かったが、それより何より、外が暗闇であることがとても怖かった。

そんなある冬の朝、配達先で一軒のみポツンと離れた場所にある家の奥から、不気味な声が聞こえてきたのだ。うめき声のような、男女の区別もつかないような、何とも表現し難《がた》い声だった。その声を聞いた途端、一瞬体が凍りつき、手に持っていた新聞を玄関先に放り投げて逃げ帰ったことがある。血相を変えて玄関に飛び込んだ私を見て、母は笑っていたが、笑いごとではない。心臓が口から飛び出すのではないかと思うくらい、バクバクしていた。

それからの新聞配達は、私にとって肝試《きもだめ》しに行くようなものとなった。

そんなこんなで新聞配達といえば、眠い、寒い、怖い、と、ろくでもない記憶ばかりだが、一つだけ新聞配達を頑張って良かったと思えたことがあった。それは、新聞配達のバイト代で母の誕生日にチャンチャンコをプレゼントできたことだ。袖の部分が薄くなっていて家事がしやすいチャンチャンコを選んで買ったのだが、それはそれは喜んでくれた。毎年、冬になると、

「重宝《ちょうほう》するばい」

と、チャンチャンコを愛用している母の姿を見るたびに、ほんの少しだけ母に親孝行ができたような気がして、嬉しかった。

第八章

共有『今を生きる』

亡くなった父には関西に住む姉がいた。私にとっては伯母に当たるのだが、その伯母は時々母へ電話をよこした。どうも、電話のたびに母は嫌な思いをしていたようだ。母は何も言わなかったが、電話を切ったあとの母の表情と雰囲気で、その思いは見て取れた。

中学二年生のある晩のこと、伯母との電話のあとで、何やら母と兄達が真剣に話をしている声が遠くの方で聞こえた。声が遠くに感じたのは、私がもういったん眠りに就いたあとで、寝ぼけていたからなのだが、ふすまを挟んだ隣の部屋で、母が、

「もう好《す》かんねぇ、そがんこと言われたら、こん先、夢も希望もなくなるばい……」

と、珍しく落ち込んだ口調で呟いた。

（ん？　何が？）

最初は夢のように聞いていたが、その内しっかりと目が覚め、話の内容が把握《はあく》でき

た途端、一瞬体が固まった。そして、かなりのショックを受けると同時に、とても怖くなった。

どうも我が家のご先祖様に成仏できていない方がいるらしく、祖母、祖父、父と、数年おきに立て続けに亡くなったのは、そのご先祖様が原因だというのだ。更に、数年以内にまた不幸が起きるという話だった。しかもそれは、家の跡取りである兄に対して……。

布団から這《は》い出して、母達にその話を詳しく聞く勇気などとてもなく、布団に潜《もぐ》り込んだまま朝方まで眠れなかった。

その話は関西の伯母が、どこかの霊能者に聞いた内容らしいのだが、

(何で頼んでもおらんとに、そがんこと聞くとや……)

と、腹が立つと同時に、それから一ヶ月間程は、毎日不安との戦いだった。

兄とはよくケンカをしていたが、時には思いやりのある面もあり、頼りがいもあった。

というか、大切な家族四人の誰が欠けても耐えられない話なのだ。

一ヶ月間、本当にいろいろなことを考えた。それは家族単位に留《とど》まらず、人間とは何か、人生とは何か、この世とは何か……にまで至り、考え抜いたあげく、やっと自

分なりに心の整理をつけることができた。

心の整理がつくと私は色紙《しきし》を買ってきて、マジックで大きく、

『今を生きる』

と書いていた。たくさん考え悩んだ結果、

（先のことを不安に思い、クヨクヨしていても仕方がない。霊能者が言ったことも、嘘か本当かは誰にも分からないし、霊能者自体がインチキ霊能者かもしれない。それに、そもそも人間はいつか必ず死ぬのだから、今はただ一日一日を、今この瞬間を大切に、一生懸命生きるしかない）

という結論に至ったのだ。

その色紙は、二階の勉強机の側壁に貼った。

そして毎日、椅子の背にもたれ色紙を眺めては、

「そう、そう」

と、自分自身に言い聞かせて過ごした。するとどうだろう。不思議にも、とても気持ち良く一日を過ごせるようになったのだ。

この時思った。自分の気持ちを切り替えるための、手短で最高の手段は、思いを紙に書き出すことかもしれないと。

色紙を貼った数日後、庭へ洗濯物を干しに出た母が、開け放《はな》った二階の窓を見上げ色紙に気がついた。しばらく、じーっと見つめた母は、

「その色紙、よか言葉やね！」

と、二階にいた私に声をかけ、ニッコリ笑った。もしかすると母も、この言葉の力で少し気が楽になったかもしれない。いや、楽になってほしい、と思った。

そういえばこの数年後、外国の映画で『いまを生きる』というタイトルの映画が始まった時は、ちょっと驚《おどろ》いた。でも、国や人種を問わず、今を生きようと意識をしている人達が世界にはたくさんいることを知り、（皆一緒なんだ）と、少し嬉しく思った記憶がある。

それはそうと、この話のきっかけとなった成仏できていないご先祖様は、伯母により供養されたらしく、もう何も心配することはないと伯母から電話があったのは、その約半年後のことだった。

全く、この我が家の葛藤はいったい何だったのか？　と、思わなくもないが、まぁいろいろなことを考える良い機会だったということで、この話は幕を閉じたのだった。

第九章

兄の不登校

四つ年上の兄が高校生の時の話だ。高校に入ると、ほとんどの学生がバイク通学となる。兄も同様にスポーツタイプのバイクを母から買ってもらった。その当時、私はまだ中学生だったが、高校から帰ると直ぐに友人達とツーリングに出かける兄を見ては、

（いいなぁ。私も乗りたいなぁ）

と、羨ましく思っていた。

その兄のツーリング仲間には、同じ中学から同じ高校に進んだ友人も何人かいて、妹の私も、友人達の名前と大まかな性格ぐらいは知っていた。中でも佐野君という兄の親友は、面白く、またとても優しい雰囲気のある人で、兄と佐野君がふざけ合っている姿はとても微笑ましく、たいへん好感の持てる人だった。

しかし、そんなほのぼのとした高校生活の中、とても悲しい出来事が起こってしま

った。

その日、兄は部活動で帰りが遅く、友人達とのツーリングには出かけられなかった。その日の夕方。家族皆が帰宅した時間帯に、一本の電話が兄宛にかかってきた。それは、

「佐野がツーリング中事故に遭《あ》い、さっき亡くなった」

という他の友人からの知らせだった。受話器を握りしめた兄の顔色が青ざめていく様子が見て取れた。

「嘘やん。嘘やろ……」

と言ったまま、うずくまった兄の体が震えだした。その兄の姿に、内容を把握した母と姉、そして私の三人も、言葉を詰まらせ、溢れ出す涙を抑えられなかった。親友を失った兄の気持ちを考えると、本当に胸が痛かった。

佐野君の葬儀に参列した兄が、がっくりと肩を落とし充血した目で帰ってきた姿は、今でもはっきりと覚えている。

その後、兄は少し変わった。すっかり元気がなくなり、高校へもバス通学をするようになった。親友がバイク事故で亡くなったのだから、バイクに乗りたくないと思う気持ちもよく分かる。傷が癒《い》え、立ち直るまで時間がかかって当然だ。

私達家族はあえて何も触れず、高校に静かに出かける兄を、ただ見守ることしかできなかった。

それから、一ヶ月は経っただろうか……。

ある日の夕方、仕事から帰ってきたばかりの母は鬼の形相で、先に帰宅していた兄の居る二階へと上がっていった。そう、母は、怒り狂っていた。

毎朝弁当を持って高校に出かけていたはずの兄が、ここしばらくの間、無断欠席をしていると、昼間母の職場へ連絡が入ったそうだ。母はドスドスと音をたて階段を上がっていくと、

「あんたはいったい、なんばしよっとね！」

と雷を落とした。と、同時に、

バシッ、バシッ、バシッ、バシッ。

と、兄を続けざまに叩く音が、一階にまで響き渡った。母のその勢いに圧倒され、姉と私は階段の下でただ立ちすくんでいた。続けて母は、

「佐野君が亡くなって、悲しか気持ちはよう分かる。ばってん、だけんて、あんたが高校ば辞めてどがんすっとね！　佐野君の分まで、頑張って卒業せんまんでしょうが！」

と、声を震わせ兄を叱りつけた。

号泣している兄と、涙を堪えて叱っている母の、どちらの気持ちも痛いほど分かり、一階で姉と私もいつしか一緒に泣いていた。

母には、母子家庭だからこそ、また母自身が高校にも行けず、就職で苦労した経験があるからこそ、どうしても子ども達だけには高校を卒業させたいという思いがあったのだと思う。

その晩は誰も、必要以上のことは何一つ喋らなかった。

この先、兄はどうするんだろう……と、不安を抱えて眠った。

しかし翌朝、兄は弁当を持ちいつもどおりに出かけていった。まぶたが腫れまくり凄い容貌《ようぼう》ではあったが、その表情は何か覚悟を決めたかのような、すっきりとした雰囲気をかもし出していた。

そしてその後、母の職場に無断欠席の連絡が入ることは一度もなく、徐々に本来の兄へと戻っていった。

およそ一年後、兄と気兼《きが》ねなく、思いっきりケンカができることに対し、幸せを感じる私がいた。

第十章

未来の選択

九年間という長い義務教育期間も残すところあと一年となった中三の春。兄が東京の会社へ就職した。天草弁バリバリのこの兄が東京人になる？　山と海に囲まれ、店も数える程しかない田舎育ちの兄が、あのテレビに出てくる大都会で生活する？　兄が東京で暮らすことがとても信じられず、母同様に心配をしていたが、兄は割とスムーズに東京の生活に馴染《なじ》んでいったようだった。それは、東京の兄からの電話に出た母の安堵《あんど》の表情でよく分かった。

いつも身近にいた兄が何だか遠い人になった気がして、少し寂しい気もしたが、まぁ兄が元気でいてくれることが何よりだった。

そしてその頃、妹の私達といえば、お互いに高校と中学の三年生になっていたため、将来の就職や進学について選択をしなければならない時期にあった。

母は以前より、自分みたいに就職活動で困ることのないようにと、資格のある看護師の仕事を私達に勧めていた。その勧めもあって、姉は高校を卒業したら、同市内にある準看の学校に行くことを決めたようだ。だが私の方は、一筋縄にはいかなかった。人に勧められても、自分が心底納得しない限り動かない性格だったため、母に対し、よく、

「何《なん》で看護師にならんまんと？　看護師じゃなかっちゃ、他にも資格のある仕事はいろいろあるやん」

などと、思春期らしい屁理屈《へりくつ》を並べていた。

が、しかし、その夏。それまでの私の思考回路を、ガラリと変えてくれたテレビ番組との出会いがあった。

そう、それは、毎年夏恒例の二十四時間テレビである。昨年までは遊びに夢中で、あまりじっくりと見たことがなかったのだが、なぜか中三の夏だけは違った。一つ一つのドキュメンタリーを食い入るように見ていた。どれも、これも、日頃の自分の生活を、反省させられるような内容ばかりだったが、中でも一人の看護師さんが海外の難民の子ども達のために現地で奮闘されている姿には、強く胸を打たれた。自分もいつか、このようなボランティアに参加したい。心からそう思った。例えば、全く同じボランティアではないとしても、看護師の知識や技術は、きっと仕事以外にも必ず何

かの役に立つはずだ。そう考えたのだ。

その晩、私は母に、

「お母さん、私、看護師になるけん」

と、宣言した。これまでの態度と打って変わった私を見て、母はあっ気《け》にとられていたが、もちろんすぐに喜んでくれた。

そして翌日から、早速《さっそく》看護学校探しを開始した。

いつからだろうか、私の心の中には、できるだけ早く自分で働けるようになって、早く母を楽にさせたい、という思いがずっとあった。それゆえに学校の選択も、おのずと看護師の資格が短期間で取れ、しかも、なるべくお金をかけずに通える学校であることが、私の中での前提だった。

そんな中、そういえば同じ母子家庭のユリちゃんのお姉さんが、名古屋の準看護学校に入ったことを思い出した。さっそく、ユリちゃんのお母さんに、その看護学校の情報を尋ねてみると、正に私の抱く条件とピッタリだったのだ。準看護学校全日制二年間と、夜の定時制高校の四年間がセットになっており、二年後に準看護師の資格を得たら、残りの昼間の二年間を準看護師として働いて、学費を返済するというお礼奉《ぼう》公《こう》制度になっていた。なんて良いシステムなんだろう。都会に行けるうえに、母にお金の負担もあまりかけずにすみ、四年間という夜間通学ではあるが高卒の資格も取れ、二年後にはもう準看護師として仕事ができる。願ったり、叶ったりだった。しかも同じ中学からユリちゃんと、もう一人、みどりちゃんという友達も一緒に、名古屋の看護学校を受けることが決まり、私の心は舞い上がっていた。

卒業後の進路予定が割と早く決まったため、三年生の後半は、本当に毎日が楽しく充実していた。残りわずかな中学校生活を思いっきり満喫しようという思いが、そうさせたのだと思うが、特に小学校一年生から九年間ずっと一緒に過ごした同級生皆との絆を強く感じた日々だった。

また、それは同性との関係だけでなく、異性との関係もそうであり、初めて〝付き合う〟という形をとったのも中学三年生だった。とは言っても、田舎の中学生のお付き合いはとても可愛いもので、一本の缶ジュースを交互に飲むだけでドキドキしたり、自転車で二人乗りをするだけでも、とてもハッピーな気持ちになれるのだ。またこの時期は、まだお互いに親に付き合っていることを知られたくない年頃だったせいか、相手の家に遊びに行く際などはとてもスリリングだった。

そうあれは、忘れもしないバレンタインデー。咲ちゃんという友達の家に仲の良いバスケ部メンバーが六人で集まり、手作りのチョコを作ってそれぞれお目当ての相手に渡しに行くことになった。もちろん私は付き合い始めたばかりの彼の家へ、手編みの手袋とチョコを届けに行ったのだが、二階にあった彼の部屋にお邪魔をして、二十分も経たない内に、彼の家族が帰ってきてしまったのだ。車のエンジン音に気づいた彼は、とっさに玄関から私の靴を持って二階に戻ってきた。別に悪いことは何一つしていないのだが、二人共ドキドキしており、思わず私は、

「ここから帰るけん」

と、何のためらいもなく、靴下のまま二階の窓から壁沿いの道路へ飛び降りていた。

(さすが、おてんば娘！)

そのあとすぐに彼から靴を投げてもらうと、一目散に咲ちゃん宅まで走って戻ったのだが、汗だくで戻った私の事情を知り、友人達が大爆笑したことは言うまでもない。その彼とは中学卒業後、間もなく別れることになったが、その初々《ういうい》しい恋の思い出は確実に青春の一ページとなっている。

第十一章　旅立ち

中学三年生の冬。名古屋の看護学校の試験（推薦）が、天草市内の会場で行われた。私はユリちゃんと、みどりちゃんの三人で会場へ向かったのだが、今後の運命を決める試験だけに、珍しく三人共とても緊張していた。

名古屋の看護学校は、中卒と高卒が一緒に入学するという、少し変わったシステムの学校だったため、会場には中学三年生と高校三年生が混ざりあっており、さすがに高校三年生は落ち着いて見えた。もし無事に合格することができたなら、この人達と一緒に寮生活を送ることになるんだ……。果たして仲良くやっていけるのだろうか……などと、少し不安を感じながら試験を終えた。

さて、運命の試験結果は後日、中学の担任を通して知らされた。だがそれは、何とも予想外で、私とみどりちゃんの二人だけが合格、という知らせだった。しかも、私より成績が良かったユリちゃんの不合格理由は、身長が少し看護師の規定に満たないからとのこと。

　推薦にもかかわらず、なんと無情な……。ショックだった。もちろんユリちゃん自身が一番ショックだったとは思うが、家族ぐるみで付き合っていたユリちゃんと一緒に名古屋に行くことを、前提にしていた私にとってもショックはかなり大きかった。

　その後ユリちゃんは市内で一番レベルの高い高校を受け、見事に合格。まさかまさかの展開となってしまったのだ。

　三月。中学校の卒業式が行われた。

　保育園の頃からずっと仲良しだった紀っ子ちゃんや、転校生で同じ母子家庭のユリちゃん、そしてバスケ部のメンバーでもあり、よく恋愛話で盛り上がった咲ちゃん達とのお別れは本当に寂しかった。また、男女共にまとまりのある同級生だったため、涙涙の卒業式を終えると、皆で木造校舎横の大きな木の下にタイムカプセルを埋め、五年後の同窓会を約束した。

　きっと、どこにでも在《あ》るありふれた卒業風景なのだろうが、それでもやっぱり、卒業式は感動だ。母も含めほとんどの父兄の方が涙されていたが、子どもは子どもなりに、親は親なりに、人生の節目としてなくてはならない行事ごとが卒業式なのかもしれない。

天草の山々が鮮やかな緑と淡いピンクで彩《いろど》られつつある、三月の末。とうとう、名古屋へ旅立つ日がやってきた。名古屋までは、天草市内のバスセンターから三時間程かかる熊本空港へ専用のマイクロバスで向かい、その後、飛行機で名古屋まで飛ぶという順路だ。

当日の朝、母や姉とはどんな会話をしたのだろうか？　たぶんお互いに、

「体に気をつけて頑張らんばね」

といった、ごく当たり前の会話をしたのだと思うが、まだ家を出るという実感が全くなかった。またいつでもすぐに帰って来られるかのような、そんな甘い感覚で家を出たように思う。

バスセンターへ着くとそこには既に、特に仲の良かったクラスメイト達が男女合わせて十五名程、見送りに来てくれていた。バスが出るまでのしばらくの間は、ずっと友達と冗談を言い合い笑いが絶えなかったが、バスに乗り込んだ途端、いよいよお別れなんだ……という感情が急に込み上げてきた。バスの窓を開け少し高い位置から皆の顔を眺めると、バスを見上げる母と姉、そして女友達の瞳が潤み始めており、その顔を見た瞬間、私の目からも一気に涙が溢れ出した。気がつくと、他の学校の学生も

見送る人達も、そこに居る皆が泣いていた。

「それでは、出発します」

と言う運転手さんの声と同時に鳴り響いたクラクションの音が、とても切なかった。窓から身を乗り出し、徐々に小さくなってゆく皆の姿に、泣きながら何度も何度も手を振った。

「あれ？　そういえば、男友達がおらんかったよね？」

と、一緒に旅立つみどりちゃんと同時に気がついたのは、バスセンターが見えなくなった辺りだっただろうか。

バスが空港に向かうには、市内の海に掛かる大きなループ橋を渡って行くのだが、そのループ橋を通る際、なんとそのループ橋の歩道で男友達が手を振ってくれていたのだ。どうも、バスが出発する直前に自転車を走らせ、バスが信号待ちをしている間に先回りをしたようだ。ループ橋の下に自転車を停《と》めると、斜面を足で駆け上がり、最後の最後まで見送ってくれたのだ。その粋《いき》な計《はか》らいは本当に嬉しく、大袈裟《おおげさ》なようだが、まるで青春ドラマのワンシーンのようだった。

天草から名古屋に旅立つ、計十三人のすすり泣きがバス中を埋め尽くす中、少しずつ薄らいでゆく天草の下島半島を見つめながら、私は心の中で何度も何度も呟いていた。

（お母さん、早く看護師の免許をとって、また天草に帰って来るけんね。そしたらいっぱい親孝行するけんね）

これから始まる都会での生活に期待と不安を抱きつつ、大好きな故郷をあとにした。

第十二章　ホームシック

　飛行機で名古屋の地に降り立ち、最初に驚いたのは、自然がとても少ないことだった。空港から寮に向かう道中にも、緑が全く見えないのだ。まぁ日本の四大都市に入るのだから当然といえば当然なのだろうが、自然が大好きだった私にとって、生活の場に緑や青のカラーが見えないこの環境で、これから四年間も暮らさなければいけないのかと思うと、早くも気分が重くなった。

　さらに寮に着くや否や、想像していた寮生活とは全く違う状況に愕然《がくぜん》とした。私の想像していた都会の寮は、二、三人ずつのきれいな部屋にそれぞれのベッドと机があり、三度の食事は食堂へ行くと既に準備されていて、優しい寮母さんがお世話をしてくれるような、そんな所だと思っていた。

　ところがだ。実際の寮は、四階建ての一階に、看護学校の教室と食堂とお風呂場があり、二階は一年生の生活空間、三階は二年生の生活空間、そして四階は図書室と倉庫といったコンクリートの建物であった。新入生の生活空間である二階には七つの部屋があり、その一部屋の広さは八畳の畳部屋で、窓際にある幅一メートル程の縁《えん》には、くたびれ果てた小さな木の机が六台、所狭しと並んでいた。そう、六台机が置いてあるということは、その狭くて古い八畳の部屋が各々六人の住居となる、ということだ。

地元名古屋と近隣《きんりん》の岐阜、そして大阪、沖縄、熊本から集まった高卒生が三人と中卒生が三人の、計六人。生活リズムも、方言も違う六人が仲良くなるまでに、かなりの時間を要したことは言うまでもない。

食事は二年生と共同で部屋の番号順ごとに、一週間交代の当番制になっており、朝は五時半に起床し準備、昼夕食も準備から片付け、そして食堂の掃除までを終え、気の強い老年の寮母さんのチェックを受ける。少しでも指摘されると、またやり直しだった。さらに洗濯は各階に四台しかない二槽式の洗濯機で、順番を待ち洗い、お風呂場の掃除に、トイレ掃除、廊下のワックスがけまで、大人の手を借りることなくすべて自分達でやることになっていた。

今思えば当たり前のことなのだが、実家での家事手伝いとの大きな違いに戸惑い、改めて親のありがたさが身に沁《し》みた。

ここで昼間の二年間は准看護師の勉強をして、夜間の定時制高校には四年間通うことになる。二年後、准看護師免許の取得後は、昼間病院で働きながら残り二年間、定時制高校に通うのだ……。

寮生活の現状を知り、改めて四年間という長い月日に気が遠くなりそうだった。この看護学校を選択する前に、もっと詳しく情報収集をするべきだったと、何度後悔したことだろう。

そんな中、入学して間もなく、同じ部屋に入った地元名古屋の中卒生が退学した。すぐに帰れる地元にいても、この状況に耐えられなかったようだ。

正直、本当に羨ましかった。

それからは、毎日毎日が一段と苦痛の日々に変わった。心が熊本へ帰りたい、帰りたい、とばかり思っているため、いっこうに前向きにはなれず、いつしか気がつくと、私は完全なホームシック状態に陥っていた。

そんな中、一瞬心を和ませてくれたのは、母から届く小包や、故郷の友達からの手紙だった。四月二十九日。名古屋に来て初めての誕生日には、部屋に居ても周りに迷惑をかけず、一人で聴けるようにと、イヤホン付のミニカセットデッキが届いた。そして、その小包には母からの初めての手紙が入っており、最後の部分に『あなたのことは、一日たりとも忘れたことがありません。母より』

と、ちょっと他人行儀な言葉が書かれていた。

少し照れ臭かったが、手紙を読みながら目頭が熱くなったことを今でもよく覚えている。

また、私を励ますために、中学時代の友達五人が私の実家に集まり、代《か》わる代《が》わるに声を吹き込んでくれた鳥型の目覚まし時計が届いた際には、『あなたは良い友達をたくさんもって、本当に幸せものですね』と綴《つづ》られた手紙が同封されていた。

毎回小包が届くたびに、改めて家族や友達など故郷の温かさを知ると同時に、その反面、ますます故郷が愛おしく、（熊本へ帰りたい！）という思いはつのるばかりだった。


五月。名古屋に来て初めてのゴールデンウィークがやってきた。地元名古屋のクラスメイトや、隣接する岐阜や大阪出身のクラスメイト達は、とても嬉しそうに我が家へ帰っていった。

そんな中、私は同県内の豊田市に居る親戚宅へ行く予定になっていた。私に気分転換をさせようと思案《しあん》した母が、豊田の親戚と連絡をとってくれたからだ。豊田に居る京子姉ちゃんは、母の姉の子どもで、言わば私とはいとこ同士の関係になるのだが、幼い頃に会ったっきりで、私の中では全く記憶が残っていなかった。そのため、正直豊田へ行くことに対してかなりの抵抗があった。しかも、こんなホームシックに陥っている状態で、初対面にちかい親戚宅へ泊まるなんて、ブルーにならざるを得なかった。

治おじさんという京子姉ちゃんの旦那さんも息子二人も、初めて会う私を歓迎してくれていることは、電話で母から聞いていたのだが、ゴールデンウィーク初日の朝、なんと私は豊田行きをドタキャンしてしまったのだ。

そしてドタキャン後は行き先を変え、小学校の頃に遊びに行ったことのある関西の伯母宅へお世話になることにした。

小さい頃からのおてんばな私を知っている伯母は、私がホームシックにかかり別人のようにおとなしく沈んでいたため、かなり心配していた。

ゴールデンウィークが終わり寮へ戻ると、すぐに神経内科へ受診する運びとなったのは、きっと伯母が母へ伝え、母が看護学校の担任へ相談したからだろう。

担任の先生は私の心理状態を知り、少し驚いていた。それはそうだ。以前の私を知らない先生の目には、入学時より私は物静かな性格の生徒に映っていたのだから。

また私自身、周りからは気づかれないように、クラスメイトとは無理に会話を合わせていたため、きっと誰も私がホームシックで苦しんでいることなど知らなかっただろう。

顔で笑っていても心は沈んでおり、授業を受けていても内容は右から左で、ただ黒板に書かれた文字をノートに書き写すだけの人形が座っているようだと、自分自身を客観視する程までに、現実を拒絶していた。

また、定時制高校の方はどうだったかというと、夕方看護学校の授業が終わると、バタバタと今度は高校の準備をし、電車へ乗り遅れないように駅まで走り、電車から降りると、さらに三十分程歩いて高校へ着くというパターンを週四日繰り返していた。

高校は五時半から授業が始まり、七時に食堂で夕食、九時に授業終了。そしてその後、夜の十一時頃までが部活動だ。小中学校からバスケをしていたことから、バスケ部の先輩に誘われるがままにまたバスケ部に入ったが、そこでも想像以上のギャップに出くわした。バスケ部の先輩数人が、部室で度々喫煙し、顧問の森先生と衝突。そんな先輩達とバスケをしたところで楽しい訳もなく、心でもがきながらも、ただ流されるままに毎日を過ごしていた。本当に毎日、この道を選んだことを後悔せずにはいられなかった。

六月半ば。神経内科へは定期的に受診しつつも、相変わらず全く進歩のない私がいた。受診後は病院の裏出口付近にあった公衆電話から、いつも母へ電話をかけており、毎回、

「大丈夫かい？」

と、心配してくれる母に甘え、

「いや……大丈夫じゃなか。もう無理かも」

と、母を心配させるような言葉ばかりを発していた。弱音を口にするたびに、母に、

「もう辞めて帰ってこんね」

と言ってほしい、と、思っていたが、でも辞めて帰ったところで、この先、いったいどうしたらいいものか……。

と、心の奥底で最後のプライドと闘っている自分もいた。

そんな状態がまたしばらく続いた、ある日。

「もう駄目……。帰りたい……」

と、受診後の電話で半ベソの私に対し、母が思わぬ言葉を放った。

「ちったぁ、頑張らんば、どがんすっとかい！」

と……。

久々に、母の強い怒鳴り声が耳に響いた。と同時に、その声を聞いて、母が涙を堪え声を振り絞って私を叱ってくれていることも、すぐに分かった。

これまでどんな時も、辛い時の涙は見せなかったあの母が泣いている……。思わず言葉をなくし、受話器を握り締めたまま立ちすくんだ。

親孝行を早くしたいという思いから、この名古屋を選んだはずだったのに、今、逆に母を苦しめている。いつしか私の目からもボロボロと涙が溢れ出していたが、口は固く閉じ、母へ自分が号泣していることを悟られまいとしていた。そしてまた、受話器の向こうで母も、泣いているのを私に悟られまいとしていることが、息づかいで察知できた。

『ピーー』

間もなく電話が切れる合図の音が聞こえたその瞬間、私はとっさに、

「分かった！　頑張るけん！」

と、叫んでいた。

そして、目をパンパンに腫らして目覚めた翌日から、私は劇的に変わっていった。

あの母の言葉が、私の心を目覚めさせてくれたのだ。

どんなに辛く苦しいことがあっても、頑張って生きてきた母らしい叱咤《しった》激励《げきれい》だった

な……と、思えた。

腹が据《す》わり気持ちが前向きに変わると、毎日の世界がこうも変わるものなんだと、自分でも驚いた。

授業の内容も良く分かり、クラスメイト達との何気ない会話にも心から笑えるようになった。また、高校のバスケも先輩は先輩、私は私と割り切り、久々にバスケを楽しめる自分に戻っていた。

第十三章

十六歳の夏休み

七月。もうすぐ夏休みだ。熊本へ、天草へ帰れる。故郷の皆に会えるんだ。そんなワクワクした思いが後押しし、七月は名古屋へ出て初めて、アッという間に過ぎていった。

そしていよいよ、待ちに待った夏休みが訪れた。いや、待ちに待ったというよりも、恋焦《こいこ》がれた夏休み、と表現した方が的確だろう。私を含め遠方の熊本や沖縄出身の皆は、満面の笑顔で寮を出ると、はつらつと空港へ向かった。

約四ヶ月前の名古屋行きの機内では、寂しさと不安ばかりで、機内から見える地上の景色を楽しむことなど全くできなかったのに対し、帰りの機内はとても快適だった。空から、都会と田舎の景色の違いをハッキリと見比べることができ、熊本空港へ近づくにつれ、セメント色のギラギラとした景色から緑一色の暖かい景色へと移りゆく様は、私の心を躍《おど》らせ、また和ませてくれた。

熊本空港から天草までの約三時間の帰路は、みどりちゃん宅の車に便乗させてもらったのだが、クネクネとした海岸沿いの道を走りながら、太陽の光を浴びてキラキラと輝く有明海にうっとりと見とれていた。自分はなんてきれいな所で生まれ育ったのだろう。故郷を離れると故郷の良さが分かるというが、正にそのとおりだった。天草という故郷がただただ誇りに思えた。

帰宅後、母との対面は何だか少し照れくさかった。

（本当に沢山心配かけて、ごめんね）

心の中ではそう思っているのに、言葉に出して伝えることはできなかった。だが母もホームシックの件には一つも触れず、以前と変わらぬ温かい笑顔で迎えてくれた。古い木造建ての我が家に入り、何一つ変わらない母と、ちょっぴり女性らしくなった姉と再会した私は、すっかり安堵していた。と同時に、昔のおてんばな性格がジワジワと甦《よみがえ》り始めていた。

（名古屋に戻らなければならない八月二十一日までの、貴重な二十五日間を思いっきり満喫するぞ～！）

という想いから、思考回路の活気スイッチがオンに切り替わった。さっそく翌日から、毎日毎日朝から晩まで、紀っ子ちゃんにユリちゃん、そして咲ちゃん達と遊びまわった。中学の同級生達と、早くも同窓会らしき食事会もやったし、紀っ子ちゃんとは、以前通っていたソロバン塾の先生のお伴をして、長崎へ泊まりに行ったりもした。長崎の海岸で他の高校の男子グループにナンパされ、ときめいたり、はしゃいだりと高校生らしい爽やかな感覚を楽しんだ。

そんな中、小中学校の男友達と町で出くわし、元々お互いに好感を持っていた相手だったこともあり、あれよあれよという間に付き合うことになった。天草市内の高校に通う彼は、たとえ遠距離でも構わないと言ってくれ、熊本と名古屋間での遠距離恋愛が始まった。

夏休み中、母と姉とは、ユリちゃん家族も一緒に数回外食に出かけた。兄は東京での仕事が忙しくお盆にも帰省できなかったため、外食時冗談交じりの口喧嘩をする相手がおらず、少し寂しい気もしたが、たとえ、お盆やお正月に帰省できなくとも、大都会で健康に忙しく働く兄は、親に何も心配をかけていない分だけ親孝行をしているような気がした。ファミリーレストランには昔から時々は来ていたが、家族がたわいもない会話で笑い合い過ごすこのひと時を、こんなにも幸せに感じたことは、かつてなかったかもしれない。

母は真面目で頑張り屋な割に、ユーモアのあるひょうきんな面もあり、そんな天然

っぽいところも好きだった。昔から外食中、よく母は、

「美幸のひょうきんなところは誰に似たとやろうか?」

と口にしていたが、(いやいや貴方《あなた》に似たんです)と、内心では思っていた。自分ではそこに気づいていないところも母らしいのだが、他の面でも、私は母の性格によく似ていることを、少しずつ感じていた。

八月十九日、名古屋へ戻る前々日の夕方。母と二人居間の縁《ふち》へ腰掛け、珍しく将来のことについて話をした。まだ、四年間のプログラムをスタートしたばかりだというのに、なぜか四年後の進路について話をしていたのだ。現在通っているS連の準看護学校は、S連の付属校として正看護学校もあり、準看護学校での成績と定時制高校での成績が優秀であれば、数名だけは推薦で正看護学校へ進級できることになっていた。一学期、ホームシックだったにもかかわらず、成績がまずまずだったことを、母はとても喜んでくれていた。

母が私の成績を喜んでくれていることが、ただ嬉しくて、そのままS連の正看護学校に進級すると天草へ帰る時期がもっと遅くなることなど、あまり考えもせず、

「私、こんまま頑張って、推薦で正看護師になってみせるけん」

と、母に約束していた。もちろん、只この場の流れだけで口走ったのではなく、意

欲も十分にあったし、準看護師に比べると正看護師の方が給料が高く、もっと親孝行ができるだろう、という考えが根底にあったからだ。

　母は、

「ばってん、くれぐれも体には気をつけて、頑張らんばね」

と微笑んでくれた。

第十四章

別れ

八月二十日。天草で過ごせる夏休み最後の一日だけに、朝早くから、夜はいつもより遅くまで友達と遊んだ。昼間にちょっとだけ家に戻った際、母は庭先で白の軽自動車をきれいに洗っていた。免許取りたての姉用に購入しまだ間もなかったため、さほど汚れてなどいないにもかかわらず。少し不思議ではあったが、明日は熊本空港まで片道約三時間の道のりを、初めて母が運転することになっており、また、友達の紀っ子ちゃん、咲ちゃん、ユリちゃんの三人も空港まで見送りに来てくれることになっていたため、より一層車をきれいにしているのだと思い直した。念入りに洗車する母に、

「きれいになりますすなぁ」

と冗談交じりに声をかけると、母は屈託のない笑顔で笑った。

八月二十一日。名古屋へ戻る当日の朝。

再び天草と、しばしのお別れになる日なのだが、その日は空港まで友人達が見送り

に来てくれるので、楽しいドライブになりそうな気がして、私の心は弾《はず》んでいた。また三ヶ月半頑張れば、今度は冬休みに天草に帰って来られるのだから、と前向きに気持ちを切り替えた。

そんな穏やかな朝食時、何気なく母が触れた茶碗が、

『パリーン』

と音をたて、二つに割れたのだ。ヒビが入っていた訳でも、何かにぶつけた訳でもないのに、ただちょっと触れただけで割れてしまった。心配性の姉は、

「お母さん、大丈夫？　車の運転、くれぐれも気をつけてよ」

と、とても気にしていたが、母は、

「大丈夫！　大丈夫！」

と笑った。そんないつもと変わらぬ母の様子に、私も、

「なーん、たぶん茶碗がもう古かったけん、割れただけばい」

と、全く何も気にならなかった。

朝八時。まだやや心配気な姉に手を振り、我が家を出発。空港までの三時間は案の定、友人達とワイワイ、ガヤガヤ、とても楽しいドライブとなった。運転手の母も、そんな私達の会話をニコニコしながら聞いており、また、時々会話に交じっては、母

の天然発言に私がつっ込み、皆で爆笑するといった具合で、本当にアッという間に熊本空港へ到着した。

チェックインを済ませ、出発ゲートに入る際、母は言葉少なに、

「美幸、体には気をつけんまんよ」

と、一言だけ私に言った。

周りにいた友達は、私と母を寂しい気持ちにさせないように、わざと明るく振る舞ってくれていたようだ。

「今度は冬休み。待っとるけんね」

「それまでに彼氏ばつくって紹介するけん、楽しみにしとかんば」

などなど冗談を言い、元気に手を振る友人達と、その光景を静かに見守る母を背に、私は出発ゲートに入っていった。

ゲート内に入ると、飛行機の搭乗口に向かう通路からガラス越しに、もう一度皆の顔が見えた。

友人達は、半泣き状態ながらも笑顔で手を振り続けてくれていた。

そして母は、少しだけ目を潤ませながらも、とても穏やかな表情で、私を真っすぐに見つめていた。

そんな皆の姿を見て、一瞬私も泣きそうになってしまったが、ここで泣いたらまた母を心配させてしまうような気がして、グッと堪えた。手の平を軽く上げ、口は閉じたままで、

「ニッ」

と、笑って見せるのが精一杯だった。

（今度は大丈夫。冬休みはまた、元気に帰ってくるけんね！）

と、心の中で母へ何度も何度も語りかけていた。あのガラス越しに見た母の姿が、まさか最後になってしまうとは、そう、夢にも思わずに……。

夕方、名古屋の寮に着くと、皆まだ故郷で蓄えたエネルギーが残っているせいか、活《い》き活《い》きとしていた。久々に顔を合わせる同室のクラスメイト達と、夏休みの出来事を和気あいあいと話しながら、数人でお風呂に入った。たくさんケンカもするが、いつしかお互いを呼び捨てで呼び合う程の仲になっていたみどりとは、

「また冬休みを楽しみに、二学期も一緒に頑張ろうね！」

と、湯船に浸《つ》かりながら話をした。

そんな中、お風呂を出たばかりの私に、電話の呼び出し音がなった。もう夕暮れだったので、きっと家まで無事に着いたよ、という母からの電話だろうと思い込み、一

階の管理室まで走って下りていくと、

「もしもし！」

と、とても元気良く電話に出た。だが、電話の相手はなぜか母の弟であるラーメン店の叔父だったのだ。

「え？　叔父さん、どがんしたと？」

不思議がる私に叔父さんは、途切れ途切れにこう言った。

「美幸、よかね。落ち着いて聞かんば……。熊本の帰り道、お母さんが事故に遭《あ》って、ついさっき、亡くなってしまった……」

「えっ？」

自分の耳を疑った。

（叔父さんはいったい何を言ってるんだろう？　だって、昼近くまでお母さんと一緒にいたんだよ、私……）

状況が理解できず、事態を呑《の》み込むまでに数分が経過した。しばらく受話器を握り締めたまま固まっていたが、話を続ける叔父さんの動揺した声が、まぎれもなく事実だということを物語っていた。

（さっきまで、あんなに元気だったお母さんが、死んだ……）

次の瞬間、頭の中が真っ白になると同時に、

「イヤ〜〜」

という悲鳴をあげ、その場で泣き崩れてしまった。その悲鳴と号泣する私の声は、寮全体に響き渡ったようで、その悲鳴に驚いたみどりや同室の友人達が、ドドドドッと二階から駆け降りてきた。周りがざわめく中、ただただ狂ったように泣き続ける私に代わり、誰かが電話に出てくれたようだ。

私にはその後、自分の意思により動いた記憶が全くない。友人達に体を支えられ、立つことだけでも精一杯だった。

その後は、その日の飛行機での帰省はもう間に合わないからと、豊田の治おじさんが車で私を天草まで届けるために、寮へ迎えに来てくれたことと、寮を出る際にみどりが泣きながら、

「美幸、必ず戻ってきてね！」

と言ったことの記憶しか残っていない。治おじさんの車に乗ったあとも、感情をコントロールすることなどとてもできず、嗚咽《おえつ》し、ただひたすら号泣するだけだった。いったい、何時間泣き続けたのだろうか……。号泣の果てに衰弱し、ボーッとする頭で車の窓に目を向けると外はもう真っ暗だった。日付はもう二十二日に変わってお

り、車は凄いスピードで高速道路を走っていた。ようやく、治おじさんの声が耳に入ってきたのは、広島県内のサービスエリアだった。

「やっと、少し落ち着いたかのう?」

ゴールデンウィークの際、豊田行きをドタキャンしたため、治おじさんとの対面はこれが初めてだった。真顔だと一見怖そうにも見えるが、私に語りかけてくれる表情や口調はとても優しいおじさんだった。

名古屋を出たあと、泣き続ける私の頭を、

「可哀相《かわいそう》にのう……」

と、時々なでてくれていた温かい手は治おじさんの手だったんだ……と気がつき、

「今日はお世話になり済みません。送っていただいてありがとうございます」

と言い頭を下げたが、声がかすれまくっていたので、もしかするとおじさんには聞こえなかったかもしれない。治おじさんは、トヨタ自動車に勤めており、その日は夜勤明けで一睡もしていないとのことだった。

「美幸、すまんが、少しだけ仮眠させてもらってもええかのう?」

と、時々サービスエリアの駐車場で仮眠をしながら、治おじさんは天草まで車を走らせてくれた。私はおじさんが仮眠している間、駐車場に降り、花壇の縁石《えんせき》に座ると、

ボーッと、サービスエリアの照明を見つめていた。いつしか睡魔も加わり私の思考回路の半分は、幻想の世界に入っていたように思う。

（これはきっと夢に違いない……。帰ったらお母さんは、いつものように笑顔で迎えてくれるはず……。だって、あり得ないでしょ？　こんなこと……）

現実逃避の世界に浸《ひた》り、当時流行っていたパーソンズの歌を小声で口ずさんでいた。泣き過ぎて声がかすれていたため、パーソンズのボーカルの声によく似ているなぁ……など、もう訳の分からない思考回路になりつつあった。が、しかし、夜が明け車が熊本のインターチェンジを下りると、また沸々と、母の死が現実であることを認識し始めた。見慣れた天草の景色を眺めながら、二十四時間前にはこの道を、母や友達と笑いながら空港へ向かっていたのに……と、一昨日からの母と私の行動を振り返っていた。

そういえば昨日の朝、母の触れた茶碗が割れたが、あれは虫の知らせだったのだろうか？　それにあの洗車も、身の回りをきれいにして旅立つための準備だったのだろうか？　母の事故は、母の車がセンターラインを越えてしまったことが原因だと聞いたが、きっと母はとても疲れていたんだろう。初めて熊本空港まで遠距離運転をする母に、私は帰る前日も夜遅くまで遊び、睡眠を十分にとらせてあげることができなかった。だから、きっと睡魔に襲われてしまったんだ。いや、もしかすると、熟睡していた私の友人達に目を配る際、誤ってハンドルを切ってしまったのかもしれない……。

母が亡くなってしまった今、事故の真相は誰にも分からなかったが、唯一、同乗していた友達三人が軽傷で済んだことに対しては、本当に良かったと思った。ただ同時に、私を見送りに来てくれたがために怪我をさせてしまい、申し訳ないことをした、という気持ちも湧き上がっていた。そもそも私が、名古屋の看護学校を選択さえしなければ、熊本空港まで送ってもらう必要もなく、母も友達もこんな目に遭《あ》わずに済んだのに……私が母を殺してしまったんだ……。

天草の海を見つめながら、またポロポロと涙が溢れ出した。早く看護師になって親孝行をするどころか、私は全く逆のことをしてしまった。と、自分を責めずにはいられなかった。

治おじさんが頑張って車を走らせてくれたお蔭で、実家へは二十二日の午前中に到着した。白と黒の幕に覆われすっかり様変わりした玄関に入り、まず目にしたのは、クルクルと七色の光を放つちょうちん灯篭と、横に置かれた棺だった。その棺を目にした途端、体が固まり動けなくなってしまった。玄関先に突っ立ったままの私に、そっと近寄って来てくれたのは、泣き腫らした顔の姉だった。東京にいる長男の兄が戻るまで、恐らく姉はそれまでは自分がしっかりしなくては、と思っていたのだろう。いつもひ弱な姉が気丈に振る舞っていた。姉に手を引かれて座敷に上がり、ようやく棺の前に膝をつくと、恐る恐る棺を覗きこんだ。

そこにはまるで眠っているかのような母の姿があった。きれいに化粧はされていたが、片方の頬に内出血の跡があり、さぞかし痛かっただろうなぁと思うと、棺にしがみつき号泣した。

（ごめんね……ごめんね……）

と、心で何度も叫びながら。

正午頃、朝一番の飛行機で東京を飛び立った兄が帰ってきた。兄も私と同じく棺を見た途端、庭先で足を止め、その後震えだす体を抑えるかのようにして静かに棺に向かった。兄は私のように号泣こそしなかったが、母の顔を見つめながら肩を震わせ声を殺して泣いているその姿に、周りにいる親戚皆がまた泣いた。

兄との再会は一年半ぶりだったが、四月に二十歳を迎えたばかりの兄は、すっかり大人びていた。兄が戻るまで葬儀の仕度をしてくれた親戚の皆さんにお礼を言うと、兄は葬儀の段取りについて詳しく尋ね始めた。

（お母さん、二十歳《はたち》になった兄ちゃんは立派な成人になって帰って来たばい。すごか

ね）

気がつくと私は、遺影の母を見つめ語りかけていた。

お通夜と葬儀は、あっという間に終わった気がする。葬儀では残暑厳しい中、庭先に大勢の参列者の姿が見えた。親戚の一人が、その大勢の参列者を眺めて、

「あんた達のお母さんが、生前どんだけ人様に良くしてきたかが、よう分かるね！」

と私の耳元で囁《ささ》やいた。

参列者の中には、今回怪我を負わせてしまった紀っ子ちゃんに、ユリちゃん、咲ちゃんもおり、泣きながら、

「これからも、ずっと友達でいてね」

と、声をかけてくれた。それは私のセリフなのに……。母の最期《さいご》に傍にいてくれた、この友人達は、生涯ずっと大切にしようと心に誓った。

葬儀後、火葬場での母との別れは、本当に辛いものだった。母ととても仲良しで、母の義姉にあたる福岡の伯母さんが、火葬場で棺内の母に花を供《そな》える際、

「エッちゃん！　何で年上の私より先に死ぬんよぉ～。エッちゃ～ん……」

と、私達以上に泣き崩れ取り乱した姿が目に焼きついている。

火葬のスイッチは、もちろん長男である兄が押した。母の魂はもう天国へ昇ってい

ると頭では分かっていても、母の体が焼かれてしまうことは、やはり辛く、胸が締めつけられた。

火葬中、大空へ舞い上がる煙突の煙を見つめながら、かすかな記憶として残る父の時の煙が脳裏に浮かび、嫌という程命の儚《はかな》さを思い知らされた。

人は何のために生まれてくるのだろう。だが母の死は私が早めたようなものだ。そしてまた、人の寿命はいったい誰が決めるのだろう。

自分を責めていることに気がついた兄達が、私の精神状態を心配し、口にこそ出さなかったが、私が
「お母さんが死なしたとは、美幸のせいではなかっだけん、そがん自分ば責めたらいけんばい」

と、何度か声をかけてくれたが、

「うん……分かった……」

と言いつつも、やはり自分を責めずにはいられなかった。

その日の夜。遺産相続を巡り父方と母方の親族内で、絶縁にいたる程の騒動が起こった。

十二年前の父の死後、父方のきょうだいに遺産のほとんどを取り上げられ、苦労を

してきた母をこれまで見てきた私達と、母の弟に当たるラーメン店の叔父の怒りが、話し合いの途中で爆発してしまったのだ。すると、父方の親族も本性を現し、最後はお互いに一歩も譲らぬ大喧嘩となった。金の切れ目は縁の切れ目というが、それは本当だ。意地の汚い人間はお金がからむと、これ程まで醜い生き物に変わるんだなぁと、つくづく実感した。

第十五章　葛藤

名古屋の学校へは葬儀の翌日に、豊田の治おじさんと一緒に戻ることになった。また、兄も後日東京に戻り、姉はラーメン店の叔父宅の一室でお世話になることに決まった。

名古屋への帰り道、大分から大阪までの乗船中、私は独り展望台に立っていた。大きく波打つ海のうねりを見つめながら、（この先バラバラになった自分達きょうだいはいったいどうなっていくのだろう……）と、先の見えない不安と、大きな虚脱感を感じていた。

今回とてもお世話になった治おじさんに送られ寮に戻ると、クラスメイト達は皆とても温かく出迎えてくれた。皆が気を遣《つか》ってくれていることに対しては素直にありがたく思えたが、それからの寮生活は私にとって正に苦悩の連続だった。

中でも一番辛かったことは、周りを気にせず一人で思いきり泣ける場所がどこにもないことだった。皆に涙を見せると気を遣わせてしまうので、あまり泣かないようにしようと自分に言い聞かせるのだが、母や事故のことを思い出すたびに涙が止まらないのだ。

授業には全く身が入らず、ほとんど机に伏せていた。嗚咽がもれそうになると、

「すみません。気分が悪いです」

と、二階の部屋に戻り、布団に潜《もぐ》り込んで泣いた。だが部屋にいても大声で泣いてしまうと、教室のある一階まで声が響いてしまうような建物だったし、休み時間になると勉強道具を取りに誰かが部屋に戻って来ることもざらだったため、布団の中でもタオルを口に押し込んで、声を殺して泣くことしかできなかった。

幼い頃から、楽しい時は大声で笑い、悲しい時は大声で泣いて、伸び伸びと育ってきた私にとって、感情を抑え声を殺して泣くことが、こんなにも辛く苦しいことだとは思わなかった。

また他にも、共同生活ゆえに辛かったことは多々あった。放課後、同郷の友人達に実家から小包が届き、嬉しそうに中を開けている姿を目にした時や、実家から電話がかかってきた時のクラスメイトの笑顔を目にした時などだ。そんな皆の姿を見る度に、一学期に、母が送ってくれた小包のことを思い出すと同時に、もう私には二度と小包

は届かないんだと思うと、本当に寂しかった。また、電話に関しても、もう自分には電話をかける実家さえないんだ……と、寮生活でのすべての出来事が母との思い出に結びついてしまうのだ。そんな中、もしかしたら母はまだ生きているかもしれないと、外の公衆電話から実家の電話番号に電話をかけたことが一度だけあった。

「この電話は現在使われておりません」

というアナウンス音《おん》の、切なかったこと。

幽霊でもいいから、もう一度だけ母の声が聞きたかった。

母がまだ生きているかもしれないなんて考えること自体、精神的に少しおかしいということを、自分でも何となく感じつつあった頃、とうとう私は人間が一番やってはいけない行動を起こしてしまった。

(早く私もお母さんの所へ行きたい)

と、思ってしまったのだ。

(親孝行をするために名古屋へ来たのに、お母さんはもういない。いや、私が殺してしまったようなものだ。

いったい私は今、何のために生きてるんだろう?

私なんて生きる意味などないのに……。

あぁ……お母さんに逢いたいナ……）

気がつくと私は夕暮れの街の中を、死ぬ方法を探しながらさ迷っていた。この辺りには、溺《おぼ》れ死ねそうな海も、首を吊《つ》れそうな山林もなく、ただ目の前には交通量の多い道路だけが続いていたため、そのうち私は道路に飛び出し轢《ひ》かれてしまおうと思い立った。

いつしか辺りは薄暗く、車のライトが眩しく感じる時間帯になっていた。

それから間もなく、大型のトラックが続けざまに走る道路へ、ふらつくように飛び出したのだが、次の瞬間、

『ブーッ。ブッブーッ』

という物凄い音量のクラクションと、

「バカヤローッ！」

と言う男の人の罵声《ばせい》が響き、風圧と共に私は路肩に倒れていた。トラックの運転手さんが慌《あわ》てて避けたらしく、驚いた後方の車からも次々にクラクションを鳴らされた。倒れた際に手足に傷を負ったが、流れる血も気に留《と》めず、次に私が向かった先は歩道橋だった。飛び出して死ねないのであれば、いっそ歩道橋から堕《お》ちてしまえば、車も避けきれないだろうと考えたのだ。なんて身勝手な考えなのだろう。だがその時は、

相手のことを考える余裕などひとかけらもなかった。

もうすっかり暗くなった歩道橋から下を覗くと、黄色いライトだけが猛スピードで流れ去っていく様子が見えた。

（今度こそ、死ねる）

そう思い、歩道橋の手すりに身を乗り出したその時だった。

母のとても悲しそうな顔が脳裏をよぎった。

手すりに手を掛け肘を伸ばした状態で、私の体は硬直していた。

（お母さんが今の私を見て、とても悲しんでいる）

そんな気がした次の瞬間、私はその場にヘナヘナと座り込むと、溢れ出す涙を抑えることができなかった。

（そうやん、私が死ぬことば、お母さんが望んどる訳ないやん。きっとお母さんは今、天国で泣いとらすばい。あんた、天国に行ってまでお母さんを悲しませるとね？　本当に情けなか……）

自問自答しつつ、名古屋へ戻ってから初めて、声をあげて泣いた。その歩道橋が人通りの少ない場所だったことと、下を走る車の騒音が私の泣き声を吹き消してくれていたことが、何よりありがたかった。

第十六章 宗教との出会い

自殺が未遂に終わった翌日、音楽の授業があった。音楽はリフレッシュ目的で毎週取り入れられている授業だったのだが、その日もまたいつものように、机に顔を伏せたまま授業を終えた私の肩を、ポンポンと叩く人がいた。ゆっくりと顔を上げ振り向くと、そこには音楽の先生が立っていた。四十歳代位で小柄な体型の音楽の先生は、

「突然、声をかけてご免なさいね。担任の先生から美幸ちゃんのご家族のことを聞いて、毎週机に伏せている美幸ちゃんのことが、ずっと気になっていたのよ。少し美幸ちゃんとお話がしたいんだけど、良かったら放課後うちへ遊びに来ない？　お友達と一緒でもかまわないから」

と声をかけてきた。

今まで親しく話をしたことなど一度もなかったのでビックリはしたが、とても優しそうな雰囲気の先生だったせいか、

「分かりました」

と即答していた。

放課後、一人で行くには少し抵抗があったので、同じ定時制高校のバスケ部として仲が良かった洋子という友達を誘い、一緒に音楽の先生宅に伺《うかが》った。先生宅は学校から徒歩で十五分程の場所にあった。昔ながらの木造建てで、玄関先の広い造りに、実家の雰囲気を思い出し、少し心が和んだことを覚えている。

「よく来てくれたわね。さぁさぁ、入って。こちらへどうぞ」

と、気前良く通された先は五畳程の和室で、お線香の香りが漂っていた。仏壇の前には小さな黒い机が置かれており、その机には御釈迦様の写真が飾られていた。金色に輝き、とても美しい御釈迦様だったため、しばしボーッと見とれている中、話は本題に入っていった。簡単に約すと、先生は数年前よりY教という宗教に入っており、これまで精神的にも、実在的にもいろいろと救われてきたそうだ。また、Y教はご先祖様のご供養もできるため、親を亡くし苦しんでいるのであれば、Y教で両親やご先祖様の供養をさせてもらったらどうか？　という話だった。

初めて係わる宗教の世界。今まで実家がどこの宗教なのかも全く知らなかったが、Y教はキリスト教や仏教など宗派を問わず、すべてのご先祖様を供養できるとのことだった。以前の私だったなら宗教の勧誘と聞いただけで警戒していたかもしれない。だがこの時の私にとっては願ったり叶ったりで、本当にありがたいお話だった。なぜなら天草を離れ、母のお墓にも仏壇にも手を合わせることのできない私にとって、名古屋の地で父や母やご先祖様の供養ができるなんて夢のような話だったからだ。

その後も先生からY教の話を詳しく聞く中、教主様の写真を拝見させていただくと、とても澄んだ瞳の教主様に引きつけられてしまった。雰囲気や見た目は、温かみのあるお爺さんといった感じだったが、その瞳にはすべてを見透《みす》かしているかのような目力があり、何やら懐かしくて温かい不思議な感覚を覚えていた。

また、初めての読経《どっきょう》では、無意識の内に私の目から大粒の涙が溢れ出した。しかし、その涙は決してこれまでのように感情的な涙ではなく、心が癒《いや》されていくような、自分でも不思議なくらいに穏やかな涙だった。読経後、音楽の先生は、

「きっとその涙は、美幸ちゃんのお父さんと、お母さんが喜んでくれている証の涙だと思うよ」

と言って微笑んだ。

名古屋で初めて心の拠《よ》り所ができた。そんな気持ちで快《こころよ》く入会用紙に記入していると、一緒に来ていた洋子が、

「私も入りたいな……」

とポツリ。洋子も洋子なりにいろいろと悩みがあったようで、結局二人してY教に入信する運びとなった。

その後は週二回の読経が日課となり、読経を重ねるたびに、自分の内心と向き合うことができることと、両親を供養しているという充実感も加わって、心が安定したのだろう。入信後、寮内で泣くことは全くなくなった。

第十七章　定時制高校

心の安定を取り戻すと、自分の周りには私を支えようとしてくれている人達が沢山いることに気づき始めた。これもY教のお蔭だろうか。日々、心の中で周囲の皆に感謝している自分がいた。

自分も辛いはずなのに、名古屋に戻った私を心配し、時々電話をくれる東京の兄や、天草の姉。気は強いがその心根は優しく、いつも傍に居て元気をくれる同郷のみどり。天草から毎週のように手紙を送ってくれる遠距離恋愛の彼に、テレホンカードや、私の好きそうな曲をダビングして送ってくれる熊本のいとこ達。葬儀の際お世話になった豊田の治おじさんと京子姉ちゃん、そして二人の子ども達とは、たびたび宿泊するほどまでに親しくなり、いつも本当の家族のように温かく迎えてくれた。

また、定時制高校ではバスケット部の仲間達が陰ながら支えてくれた気がする。二学期初の登校日、バスケ部顧問の森先生が、私に手紙を書いてきてくれたことは忘れられない。

『何かあったら、いつでも相談に来い。おまえは俺の娘みたいなものなのだから……』

といった内容の、とても気持ちのこもった手紙だった。森先生は、今どき珍しいくらいの熱血先生だった。容姿も俳優のように整っていて、真面目だけれど冗談やつっ込みも上手で、本当にバスケ部の顧問が森先生で良かったといつも思っていた。以前はいろいろとあった部員達もそんな森先生が顧問ゆえに、いつしか、純粋にバスケが好きで仕方がない生徒だけがバスケ部に残った。そして、高校二年の後半からは私がキャプテンを務めることになった。

定時制高校に通う一番の楽しみは、そんなバスケ部の仲間達と全国大会を目指し、日々練習をすることだったと言っても過言《かごん》ではないだろう。

名古屋に来て三年目からは準看護師の資格を取り、お礼奉公期間として昼間は仕事をしていたため、夜勤明けでの登校はさすがに眠かった。時々睡魔に負け、起きられずに夕方からの授業を欠席することはあったものの、夜九時から始まるバスケにだけは間に合うように駆けつけた。担任からは、相当呆《あき》れられていたが、その甲斐あってか、定時制高校最後の夏、なんと本当に全国大会へ出場し、全国三位という結果を得たのだ。

　四年という長い定時制高校で、バスケが私に与えてくれたものは本当に大きかった。汗を流し、大好きな仲間達とボールを追いかけている時だけは、何もかも忘れられた気がする。また、バスケ部のメンバーは普通科と看護科が交じり合っており、それぞれに昼間仕事をし大変なことも味わっているだけに、皆とても思いやりがあった。定時制高校の卒業式で、普通の高校ではなく、定時制に来て良かったと、私に唯一思わせてくれた、最高のバスケ部だった。

第十八章

正看への道

振り返ってみるとY教に入信して以来、特に心の乱れもなくあれよあれよという間に三年半が過ぎ去ったような気がする。その間、Y教の精舎《しょうじゃ》にも時々通い黙祷《もくとう》をする中、（今後自分はどのように生きていくことが一番良いのか！）と沢山考えた。そして出した答えは、母と最後に交わした、『正看護学校へ推薦で進み、正看の免許を取得する』という約束を、まずは達成しよう、というものだった。

母が幼い頃より勧めていた看護師の仕事を患者さんのために精一杯やって、この看護師さんが担当で良かったな、と思ってもらえるような、知識も技術もベテランの正看護師になりたい、そう思った。

そのため、定時制高校ではずる休みはしたものの、テストだけは真面目に頑張った。推薦で正看に進めなければ話にならないからだ。

そして名古屋に来て五年目、私は母との約束どおり、無事に推薦という形で正看護学校へ入学した。まずは一つクリアだ。

その春。私は天草へ帰省すると、墓前で両親へ報告をした。

（お父さん、お母さん。四月からは正看護師になれるよう、これからまた三年間頑張るけんね）

そこには、次の目標に向かって頑張ること、それが今の私にできる親孝行なんだと思い込み、ただひたすら突っ走ろうとする自分がいた。

そう、その頑張りが、後《のち》に自分自身を追い詰めてしまうことになろうとは、夢にも思わずに。

母の死後、Y教に入信し四年の月日を経《へ》て、私はいつの間にか周囲の人達に『とても良い人』という印象を与えていた。天草にいた頃は、おてんばで我が強く、自由奔《ほん》放《ぽう》な人間だったというのに……。わがままでなくなったこと、それは一見大人への成長過程とも捉えられるが、私の場合、一般の成長とは何かが違っていた。そのことは、幼い頃の私をよく知る姉も、薄々気がついていたようだ。

天草に帰省するたびに、どんどん『良い人』に変わっていく私を、姉は密《ひそ》かに心配していたらしい。どこかで無理をしているのではないかと。

だが当時の私は、今の自分が本当の自分だと、完全に思い込んでいた。

自分のことで周りに心配をかけたくないという思いから、口癖は、いつも笑顔で『大丈夫』になっており、Y教で人の道を教わる中、日常で何かトラブルが起きると、真っ先に自分の行動を振り返り反省する人間になっていた。

自分の行いを反省すること、それはもちろん誰にでも必要なことだ。だが私の場合、度《ど》が過ぎていたのだ。何かあるたびに、相手にそうさせてしまったのは、私の想いや行動に原因があったからだと、相手を責めるより自分を責めた。例えばそれは誰が見ても、私には非がない、と判断される場合でもだ。そして日々自分を変えなければばと言い聞かせ、気がつくと私は、他人の短所は視野に入れない『超良い人』に変わっていた。Y教で教わったことを、もう少し合理的に解釈できれば良かったのだろうが、意外にも根が真面目だったことがマイナス面として顔を出したようだ。

だが良い人になることで、人から嫌われることは少ないため、周囲との人間関係は割と円滑だった気がしている。

天草の彼とは十八歳の夏に別れたが、お互い近くに気になる存在の人ができたということもあり、

「今までありがとう」

と、実にきれいな終わり方だった。

その後付き合い始めた名古屋の彼は、定時制高校の時、部活が終わって帰る際、コンビニで酔っ払いに絡まれた私を助けてくれた人だった。彼は短大に通いながら、コンビニで夜のバイトをしていたのだ。

何だかテレビドラマのシナリオみたいな出会いで少し笑えたが、最初からとても自然に自分をさらけ出すことができ、彼が二つ年上のせいか、まるで妹のように優しく接してくれた。

正看護学校へ進む頃には、もうすっかり親公認の仲になっており、彼のご両親と一緒に旅行に行くこともあった。

正式にプロポーズをされたわけではなかったが、正看護学校卒業後は、彼との結婚が待っている、という未来像は決まっていたようなものだった。

第十九章　ジレンマ

二十、二十一、二十二歳と三年間通学する予定の正看護学校は、またしても夜間の定時制課程だったため、高校生活に引き続き慌《あわただ》しい生活パターンが続いた。

昼間準看護師として働き、夕方仕事が終わると平日は毎日、自転車を猛スピードで走らせて正看護学校へ。九時に授業が終わり、寮へ戻るとコンビニで買った弁当を食べ、週の半分は、その後少し仮眠をしてまた、深夜勤へ出かける、といった日々を繰《く》り返した。

寝食がとても不規則な生活の中、月に二、三度は、電車で一時間程かかる場所に離れてしまった彼の家へと遊びに出かけ、毎回家庭料理をいただいた。そんな彼の家で過ごす時間は、いつしか私にとって心から安らげる居場所となっていた。

そんなこんなで、最初の二年間はひたすら時間に追われて過ごす毎日だったのだが、看護師の仕事だけは全く手を抜かなかった。

他称《たしょう》『良い人』の印象どおり、自分が心を込めて看護をすることで患者さんが少しでも癒されますように……と、いつも心の中で祈りつつ仕事をしていた。その想いが患者さんにも伝わっていたのだろうか、

「今日の夜勤があなたで良かった」

と言って下さる方が多く、また、ターミナル（医療用語で主に重篤な状態をさす）の患者さんからも、

「あなたが温湿布《おんしっぷ》をしてくれると、なぜか痛みが遠のくのよね。いつもありがとう」

と言ってもらえることも数回あった。

その言葉はとても嬉しく、母の言うとおり看護師になって良かったと、しみじみ感じる私がいた。

また、私の働く外科病棟に実習に来た学生さん達から、実習終了後、手紙をもらった感動は今でもよく覚えている。私は定時制三年過程の学生で、彼女達は全日制二年課程の学生さんだったのだが、既に準看護師の資格を持ち病院で働く私を一人前の看護師として見てくれたようだ。その手紙にはこう書かれていた。

『今回、美幸さんが働いている外科病棟で実習ができ、本当に嬉しかったです。今までは特に理想とする看護師さんはいませんでしたが、美幸さんの仕事ぶりを見て、初

めてこんな看護師さんになりたいと思いました。私達グループの中で美幸さんは憧れの的《まと》です。

美幸さんと一緒に、正看護師になれるよう、実習も勉強も頑張りたいと思います』と。

どうも三年課程定時制の学生として私の方が一年早く入学していたようで、三年目に丸々一年間の実習を終え国家試験を受ける年が、その学生さん達と一緒になるようだった。

こんな手紙をもらって嬉しくない訳はない。だが心のどこかで、これから先もますます良い人でいなければいけないという気持ちに拍車がかかり、肩の荷が重くなったのも確かだった。

今の自分が、本当の自分でないことを、まだ漠然とだったが感じ始めていたのだろうか。

その事実にようやく気づいたのは、看護学校での学園祭の時だった。

ステージで何か披露したい人は誰でもどうぞ、という催しものがあったのだが、頭の中では何か替え歌やＣＭのモノマネなど、馬鹿なことをやってみたいと思っているのに、なぜか言い出せないのだ。

天草にいる頃の私はお祭り事が大好きで、クリスマス会や文化祭等では友達と歌ったり踊ったりと、気持ちのままに行動し、心からその催しを楽しんでいたはずなのに……。

完全に『真面目で良い人』という仮面を被《かぶ》った自分がいる、そう思った。

この事実に気がついてからは、早くこの仮面を剥ぎ取りたいと毎日のように思っていたが、剥ぎ取る勇気もタイミングもなく、結局正看護学校に入り二年の月日が過ぎ去ってしまった。

この間に、私は二十歳を迎えていた。成人式はもちろん天草に帰省し、母の姉にあたるヨシエ伯母さんが選んでくれた着物を着て出席をした。ヨシエ伯母さんは、母が亡くなって以来天草へ帰省するたびに、得意料理の巨大ハンバーグを作ってくれるなど、姪の私をとても可愛がってくれた。また、私も姉も母に何もしてやれなかった分、ヨシエ伯母さんとは姉の車で温泉に行ったり、ドライブに行ったりと、天草での穏やかな時間を楽しんだ。

伯母は母と姉妹だけあって雰囲気がよく似ており、私も姉も母同様に大好きだった。

そんな優しい伯母は、私の成人式の着物までも買ってくれようとしていたが、その点は甘えるつもりはなく、きちんと自分で支払った。名古屋では仕事と勉強の繰り返しで、特に大きなお金を使うことがなかったため、私の貯金通帳にはいつの間にか、着物も楽に買える程のお金が貯まっていたのだ。準看護師の給料で、こんなにお金が貯まるとは……。さすが都会だ。改めて驚くと同時に、今なら親孝行もたくさんできたのに……と、切ない気持ちにもなった。

第二十章　実習の悲劇

名古屋での生活も、とうとう七年目に突入した。昼間の仕事も三月で終わり、丸々一年間本格的な実習期間に入る正看護学校の三年目の春を迎えたのだ。あと一年、頑張って、国家試験に受かりさえすれば母との約束が果たせる。そう思うと、自然に気合が入った。

そして四月。いよいよ実習が始まった。実習が始まると、毎年何人かの学生がハードな実習についていけず、途中で退学してしまうことは、先輩達を見て知っていた。準看の実習とは比べものにならないくらい、厳しいものらしい。

そんな中、なぜか私は先生達によるグループの振り分けでリーダーを任された。リーダーは何かと忙しく、グループをまとめ、病棟での挨拶や反省会等の段取りも先頭に立ってやらなければならないため、正直少しプレッシャーを感じた。

しかも運悪く、最初の実習先はとても評判の悪い内科病棟に当たってしまったのだ。

なぜ、学生の間で評判が悪いのかというと、その病棟の主任兼指導者さんは、

『学生イジメの鬼！』

というあだ名で有名だったからだ。

早くも最悪だ。案の定、毎日の実習後に行われる指導者さんとの反省会では、必要以上の要望を突きつけられた。ただでさえ、普通に実習記録をまとめるだけでも時間がかかり、ほとんどの学生が睡眠不足状態になるというのに。それに加えて、実習内容とはあまり関係のない余分な項目の暗記までする事になったのだ。しかも暗記テストはリーダーである私から……。

夕方、実習が終わり急いで帰宅するとまず入浴を済ませ、その後コンビニで買った弁当を詰め込むように食べ、すぐに勉強に取りかかる、という毎日となった。三つ年上で面倒見の良い同室のちーさんは、メリハリの付け方がとても上手で、夕食後はしばしのリラックスタイムをとっていたが、私は全くそんな気分にはなれなかった。実習のまとめに明日の予習と計画、それに指導者さんに出された暗記まで、いったい何時に終わるのだろうかと、焦りと不安を抱えつつ、すぐに机に向かった。

やってもやっても終わらぬ勉強は、毎晩二時や三時頃までかかり、倒れるように布団に潜り込む毎日となった。

朝も眠い目をこすりながらパンを口に詰め込み、バタバタと実習へ出かけるため、生活の中で心身をゆっくり休めるための時間が、全く取れなくなった。

睡魔に負け暗記テストができない日は、鬼の指導者さんに、

「リーダーの資格がない！」

と、けちょんけちょんに言われ、そのたびに選んでくれた学校の先生方に申し訳なく、また、自分が情けなく落ち込んだ。

四月末。どうにかこうにか、内科病棟実習クリア。だが内科病棟は何とかクリアしたものの、私の体は心身共にかなり疲れきっていた。

いつの間にか、翌日は実習のない週末の夜も、思考回路が勝手に動き出し、熟睡できない体になっていたのだ。

そんな顔色の悪い私を心配して、ちーさんやグループの友達、また担任の明美先生が、

「大丈夫？　眠れてる？」

と声をかけてくれるのだが、これまでの習慣から、つい、

「大丈夫！」

と、わざと元気を装《よそお》い答えてしまうのだった。いやもしかしたら、大丈夫でない自

分を認めたくなかったのかもしれない。

だがそれは間もなく、行動の変化として現れた。

大型連休のゴールデンウィーク中は、世間と同じく学校も実習も休みであるにもかかわらず、私は、初めて天草に帰る気分になれなかったのだ。

また、唯一、名古屋での癒しの空間だった彼とのデート中も、気分転換をすることすらできなくなっていた。あの鬼の指導者から強い口調で言われた、

「リーダーたる者、授業で習ったすべてを頭に入れて実習に出るのが当たり前！」

という言葉が頭から離れないのだ。

自分で言うのも何だが、私は昔から責任感が強い方だった。責任感があることは決して悪いことではないのだろうが、この時ばかりはそれが裏目に出てしまった。責任感が強すぎるのも良し悪しかもしれない……。

何も考えないようにしようと思っていても、（次の実習には、あれもこれもそれもすべて覚えて、リーダーらしくしっかりしなくては！）と、自分を追い詰めてしまうのだ。

だが、かれこれ一ヶ月もの間、まともな睡眠がとれていない私の頭は、少しずつ壊れ始めていた。ハイテンションになったかと思うと、数分後にはボーッと一点を見つ

めていたり、自分の体にもかかわらず、自分の思考と行動をコントロールできなくなってしまったのだ。

そんな状態で、次の実習の準備などまともにできる訳がなく、ちょっとした勉強内容でさえ覚えることができない自分自身に、焦りと不安を感じ始め、いつしかソワソワと落ち着きまでなくなっていた。寮のトイレは各階の廊下の中央に設置されていたため、四階の端にあった私の部屋からは、二十メートル程廊下を歩いてトイレに着くのだが、真夜中、ふと気がつくと、トイレから部屋までの間を行ったり来たりと何度も往復している私がいるのだ。

この頃から私の記憶は飛び飛びになっている。

覚えているのは、勉強机の椅子に落ち着いて座っていられなくなったということと、真夜中、トイレの鏡を見て、まだ自分が大丈夫かどうか笑顔の確認をしたことだ。その時、私の頭の中では、当時流行っていたある男性歌手の歌で、

『鏡の前笑ってみる、まだ平気みたいだよ』

というフレーズが駆け巡っていた。青白い顔で、ひきつった笑顔をつくり、

「まだ大丈夫」

独り呟いた。だが真夜中にトイレで笑顔の確認をすること自体、もう既に異様だったのだが……。

五月半ば、次の病棟での実習が始まった。しかし私はその実習に何日出席したのかすら覚えていない。

気がつくと私は担任の明美先生に諭《さと》され、休養のため実習を休んで寮にいた。明美先生は正看護学校の一年生からの担任で、ちょっとドジだがとても明るく思いやりのある大好きな先生だった。皆が実習に出かけたあとのシーンと静まり返った寮の部屋で、まるで抜け殻のようにボーッとしていると、明美先生が私の様子を見に来てくれた。休んでもなお、熟睡することができず食欲もない私に、明美先生は自分が日々飲んでいるサプリメントをたくさん飲ませてくれた。

「先生、私サプリでお腹いっぱいになったのは初めてかも」

と、その時はまだ冗談を言い、先生と一緒に笑った記憶がある。先生から寮で休めないのなら、どこかゆっくりできる場所があるかと尋ねられ、私は彼の部屋と答えたようだ。また記憶が飛ぶ中、気がつくと、彼が心配そうな表情で寮まで迎えに来てくれていた。彼の家へ向かう車内で、

「別に体を壊してまで、正看護師にならなくてもいいんじゃないのかな？　結婚した

ら家にいて、家事や子育てをしてくれるだけで俺は十分なんだから」と彼が言った。

彼の気持ちはとてもありがたかった。しかし、その時の私には、彼の気持ちを素直に受け入れることなど到底できるはずがなかった。

なぜならそれは、母が亡くなった後、立ち直るきっかけとなったのは、「正看護師になってお母さんとの約束を果たすんだ！」という目標と繋がっていたからだ。

彼の家には二日間泊まらせてもらったが、相変わらず熟睡できなかった。夜、目を閉じても、頭が常に何かを考えているのだ。また昼間、彼や彼の家族が仕事に出掛け誰も居なくなると、とてつもない不安感が襲い始めた。

（私はこのまま実習に戻れず、正看にはなれないのではないだろうか……。グループの皆は今何を実習しているんだろう。副リーダーの友達に迷惑をかけてしまったな……。

明美先生は、もしこのまま体調が戻らなければ、一年留年して実習に出るという方法もあると言っていたが、そんなの絶対に嫌だ！

以前手紙をくれたあの子達も、今実習に出て頑張っているというのに、私はいったい何をやっているんだろう……）

皆からどんどん遅れていくという焦りが不安に輪をかけ、更に自分は二年過程の学生さんに憧れられていた看護師だったのに、というプライドが入り混じり、とうとう私の頭はパニック状態に陥ってしまった。

彼の部屋は二階にあったのだが、窓の外を覗きこみ、

（ここから堕ちたら死ねるだろうか？）

と、最悪なことを考え始めたのである。だが、まだその時は想像力が残っていたようで、ここから屋根を転がって落ちたところで、下は芝生なのだから軽く怪我をする程度で終わってしまうだろう。それに、もしもここで何か事を起こしたら、こんなに良くしてくれている彼や彼の家族にご迷惑をかけることになる。と、何とか気持ちを切り替えた。

その日の夕方、私は彼の家にいても勉強道具がなく、実習に出る準備ができないからと、また彼に送ってもらい寮に戻った。

第二十一章　二人の自分

寮に着くと、玄関先で同室のちーさんと一緒になった。ちーさんは名古屋が地元だったため、毎週週末には実家へ帰っていた。

（実家に帰れるっていいなぁ……）

口には決して出さなかったけれど、実家に帰ってはリフレッシュをして元気に寮に戻ってくるちーさんが、内心とても羨ましかった。

（そういえば、しばらく天草に帰ってないなぁ。嗚呼《ああ》、私も天草に帰りたい……。でも、今のままじゃあ帰っても、みんなに会わせる顔がないしな……）

寮に戻ってからも、理想と現実のギャップがどんどん自分を追い詰めた。

いったい、お風呂や食事や洗濯はどうしていたのだろうか？　きっと、面倒見の良いちーさんがお世話をしてくれていたのだと思うのだが、いつ眠り、いつ起きたかも分からない程の状況で、実習の準備などできる訳もなく、結局翌日も実習には行けなかった。

物音一つ聞こえない昼間の寮で、気がつくと私は、またトイレの鏡を見つめていた。だがもう、そこに映っている私には笑顔の確認をする気力など、到底残っていなかった。

少し痩せたせいか鏡の中の私は、目が窪《くぼ》み顎《あご》が尖《とが》って見えた。しかし、目だけはなぜか異様にギラギラしており、その不気味な雰囲気の私が、本物の私に向かって何やら叫んでいた。

「おまえみたいなダメ人間は生きていてもしょうがない。早く死んでしまえ！」

はっきりと、そう聞こえた。

その叫びはストレートに胸に響き、すぐに自分の意思へと姿を変えた。

（こんな価値のない人間は、早く消さなければ）

その時を境に、私の頭は自分を消すための手段を、本気で考え始めた。もう心に何の迷いもなかった。

ここからの記憶は更に飛びまくっているが、部屋に戻り最初に試みたのは、自分の首を絞めるという行為だった。押入れから紐を探し出し自分の首に巻きつけクロスさせると、両手で力の限り引っ張った。間もなく頭がうっ血し始め、目玉の奥の神経がちぎれそうな感覚と、ゲホッとむせ返りそうな感覚に耐え切れず、苦しくて思わず手を緩めてしまった。

普通に考えると、自分の手で首を絞め、死ねる訳などないのだが、その時の私にはそんな当たり前のことですら判断できなかったのだ。

次に記憶として残っているのは、部屋の柱のフックに紐をかけ首をつった時のことだ。足元の椅子を蹴り飛ばし、一瞬、首吊り状態にはなったものの、瞬《また》く間にドスン！　と、フックごと畳に落ちてしまった。

（フックごときで、人間の体が支えられるはずがないのに……馬鹿みたい）

ほんの一瞬だが、自分のやっていることの無意味さに気づき、苦笑いした。また、尻もちをついた衝撃で少しだけ頭が冷静になったようで、次に私がとった行動は、名古屋に来てから、時々つけていた日記帳を処分することだった。自分が死んだあと、人に見られたくないと思ったのだ。遺書を書くのではなく、反対に私に関わるすべての物を消してしまいたかった。

名古屋での六年間の思い出が詰まった分厚い日記帳は三冊目に入っており、それら三冊を一ページずつ手で細かくビリビリに破いてゴミ箱へ捨てるという行為は、予想以上に時間がかかった。

いつの間に夕方になったのだろうか？

ドヤドヤと寮内が騒がしくなり、間もなく同室のちーさんが、

「美幸、ただいま」

と帰ってきた。さっとゴミ箱を元の位置に戻し、テレビを見ている振りをしたが、ちーさんは私を見るや否や、すごく心配した。

「美幸、体、大丈夫？」

と血相を変えて聞いてきたので、私は精一杯平静《へいせい》を装い、

「だいぶ、いいよ」

と笑って見せた。その後の会話はほとんど覚えていない。だが、心の中で、

（みんなには決して悟られることなく、明日こそは絶対に死んでしまおう）

と誓っていた記憶だけは残っている。

翌朝、ちーさんは、

「今日は本当にゆっくり寝て、ちゃんと頭を休めるんだよ！」

と、いつも以上に私を心配しつつ実習に出かけた。私は布団に入ったまま、

「分かった。いってらっしゃい」

と手を振った。

もはや、今日死んでしまうつもりの私にとって、実習に行けないことなどもう何も関係のないことだった。また、ちーさんがいつも以上に心配しながら出て行ったことも、大して気にはならなかった。そう、鏡を見るまでは……。

いつもの如く、寮全体がシーンと静まり返った午前九時。

(今日でこの世とも、さよならか……)

まるで他人事のようにそんなことを思いつつ、ゆっくりと布団から這い出すと、机の上の鏡にふと目を向け、ギョッとした。

朝の日差しの中、鏡の中の私の首にはぐるりと一周、内出血の跡が残っていたのだ。

昨日、自分で自分の首を絞めた、あの時の紐跡がくっきりと……。

(しまった！　ちーさんに自殺願望があることを悟られた)

昨日から、いつも以上に心配していたちーさんの言動を思い出し、急に心臓がバクバクと脈打ち始めた。

(もしかしたら、ちーさんが先生を連れて戻って来るかもしれない。その前に早く死ななければ！)

私はそそくさと、パジャマから私服へ着替えると、布団を押入れに詰め込み、部屋のベランダへ出た。寮の建物はコの字型をしていたため、内側に面するこの部屋のベランダからは寮の中庭が見えた。中庭を挟んだ向かい側のすべての窓際と、一階の寮母さんのベランダに人気がないことを確認すると、私は胸の高さ程あるベランダの柵から頭を出して、真下を覗いた。中庭なので全部がアスファルトではないが、死ぬには十分な高さだと感じた。

だがここにきて、少し怖くもなった。

ドクドクドク。鼓動が高鳴る。怖いというより、自分の中のもう一人の自分が、死のうとしている自分を必死で止めようとしているというか、私の体の中で二人の自分が戦っているかのような、言葉では何とも表現し難《がた》い、モヤモヤとしたとても複雑な感覚だった。

ドックン。ドックン。

心臓が口から飛び出しそうなくらいの、胸の鼓動を感じながら、

(やっぱり、こんな価値のない私なんて、生きていても仕方がない。これからもきっと、みんなの迷惑になるだけだもの)

とうとう自殺願望の私が勝《まさ》り、柵に両手を掛けた。柵の根元は三十センチ程のコンクリート壁だったので、私はそこに片足を乗せるとギュッと目をつぶり、飛び上がる

ように、

「えいっ」

と柵を越えた。

が、次の瞬間、私は四階の柵の下で宙ぶらりんになっていた。

(何故?)

直ぐに上を見上げると、私の片手が無意識の内に柵の付け根部分をしっかりと掴《つか》んでいたのだ。そして、それに気づくや否や、私は反射的に片手の力だけで体を柵に引き寄せ、ベランダへよじ登っていた。これが『火事場のくそ力』というものなのだろうか? 睡眠も食事もまともにとれていない自分に、まだ、こんな力が残っていたとは……。

柵を越えてからこの間わずか一分足らずの出来事だった。ベランダ内にペタンと座り込み、しばらくボーッとしていたが、

(なぜ、死にたいのに死ねないんだろう? なぜ、飛び降りたはずだったのに、手が柵を掴んでいたんだろう?)

と、経過を振り返り、頭が勝手に失敗した理由を分析し始めていた。と同時に、死なせまいとしている私の中のもう一人の自分に対し、苛立《いらだ》ちを覚え始めた。

（飛び降りた際、柵が近すぎてもう一人の自分がとっさに柵を掴んだのであれば、柵を掴めない状況にしてやろう。そうだ！　少し離れた場所から走り、勢いをつけて飛び降りたら、もう手が柵に届くことはないかもしれない）

死にたい自分が分析したとおり、助走を付けて飛び降りることに決めると、私の心臓はまたもドクドクドク、と、高鳴り始めた。その鼓動を体全体で感じながら、サッシ窓の半分を全開にし、部屋の中に入った。そして部屋の入り口側にある炊事場の床面と畳部屋の境を、まるでスタートラインにするかのようにして、ベランダの先端目がけて、一気に駆け出した。

（本当にこれで最後だ！）

走って飛び上がった勢いで、今度は柵を簡単に越え宙へ飛び出した。

ところがだ。次の瞬間、気がつくとまたもや片方の手が柵の付け根を掴んでいたのだ。そして先程と同様に、火事場のくそ力でベランダによじ登ってしまった。

この矛盾した不可解な現象に愕然としながらも私の体は震え、もう完全に頭はパニック状態に陥っていた。

首吊りにも、飛び降りにも失敗した私が、この室内でできる最後の自殺行為として頭をよぎったのは、手首の動脈を切ることだった。体の震えは続いていたが、それとは裏腹に、死ねないことへの苛立ちは頂点へ達しており、ドスドスドス、と足音をたて包丁のある炊事場へと向かった。そして流し台下のドアを壊さんばかりに開けると、包丁立てに目を移した。

（ん？）

いつもそこに置いていたはずの包丁が見当たらない。

（ちーさんが別の場所に置き忘れた？）

そう思い水切りや食器棚も探してみたが、やはりない。そしてハッとした。

（もしかして、ちーさんが包丁を隠して出かけた？）

ちーさんに自殺願望を悟られていることを思い出し、半信半疑のまま私は畳の部屋へ戻った。もしも、ハサミやカッター等凶器となるような刃物類がいつもの場所に見当たらなければ、完全にちーさんに隠されたことになる。

即、ペン立てを見て、机の引き出しの中も全部探してみたが、やはり刃物類は一つもなかった。

頭にカーッと血が上るのを感じた。

ちーさんはもちろん、私のことを思って隠してくれたんだ。理屈では分かっている。だがその時の私にはそんな理屈など受け入れられるはずもなく、私の死を止めようとするもう一人の自分と同様に、敵としか見なせなかった。

（本当に余計なことを……）

まるで悪魔にでも取りつかれたかのように眉間《みけん》にシワを寄せると、目の前の引き出しの中身を全部引っ繰り返した。

（こうなったら、何が何でも死んでやる！）

諦《あきら》めるどころか、私の自殺願望は更に加熱し、無意識に刃物代わりになる物を探し始めていた。

そして、とうとう、良い凶器を見つけたのだ。

それは、炊事場にあったガラスのコップだった。ニヤリ。私は不気味に微笑むと、右手に持ったそのコップを流し台の縁《ふち》へ思いっきり叩き付けた。

パリーン。

コップがギザギザに割れたのを確認すると、いい感じに割れたとばかりに、またニヤリ。

そして次の瞬間、何のためらいもなくその鋭く尖ったコップの尖端《せんたん》を、左手首の動脈へ突き刺したのだ。ブスッ、という音と共に真っ赤な血がスーッと流れ出した。だがもっと、ドバドバと流れないことには失血死はできない。血管が全部千切《ちぎ》れてしまえばいいのに。

そう思いながら何度も何度も、コップの尖端を左手首へ突き刺し続けた。いや、突き刺すというよりえぐりまくったという表現が正しいだろう。左手首の皮膚がグチャグチャにめくれ上がり、肉の中からポタポタと血が床に垂れ始めた。不思議にもこんなにえぐっているのに全く痛みは感じなかった。完全に悪魔に取りつかれていたからだろうか……。

手首から溢れ出す血をまるで他人事のように見つめながら、私は壁に寄りかかりゆっくりと床に腰を下ろした。

体がフワッとして少し睡魔を感じた次の瞬間、ガチャ、というドアの音と同時に、

「何やってるのぉ～っ」

と、悲鳴にも似た甲高《かんだか》い叫び声が耳に響いた。

明美先生だった。恐らくちーさんから情報を聞いた明美先生が、心配して様子を見に来たのだろう。

「死にたい。死なせて！」

そんな言葉を口にして、やや抵抗したような気がしなくもないが、次に記憶がある

のはタクシーの中だった。私の左手首はハンカチのような布で縛られ、止血の応急処置がとられていた。そして明美先生に体を支えられて、タクシーの後部席に座っていた。

もちろん、行き先は実習先の病院だった。しかも、その日の外科外来の担当医は、ほんの二ヶ月前まで外科病棟でお世話になっていた、少し偏屈者で噂《うわさ》好きの外科部長だった。

（あぁ、私が自殺未遂をしたことが病棟に流されてしまう……きっと病棟は大騒ぎになるんだろうな……）

病棟の様子が想像できるだけに、屈辱的な感覚がこみ上げ、待合室から逃げ出したい気持ちでいっぱいになった。だがもう私には明美先生の手を振り払い、逃げ出す力など残っていなかったのだ。

明美先生は、待合室にいる間もずっと、

「大丈夫、大丈夫だからね」

と、私に、そして自分にも言い聞かせているかのような口調で、私の背中をさすり続けてくれていた。

「次の方、どうぞ」

外科外来の待合室には診察を待つたくさんの患者さんが座っていたが、私は緊急患者扱いとされたようで、間もなく診察室に通された。

「うわあ。これはひどいな」

左手首を見た外科部長の最初の一言だった。

縫合《ほうごう》するにはかなり時間がかかりそうなグチャグチャな傷だったが、ここはさすがに外科部長だ。切り裂《さ》かれた皮膚を上手に真ん中に寄せるとスムーズに縫合し、処置終了に至るまでさほど時間はかからなかった。処置の間、私は顔を見られまいとずっと顔に右手を当て下を向いていたが、診察時にカルテを見ない医者などいる訳がなく、無駄な抵抗だったようだ。

処置後、次に私が連れて行かれた先は、二階にある神経内科外来だった。自分は既に心の病にかかっているにもかかわらず、この外来を受診することにとても抵抗を感じ、沸々と怒りの感情が湧き上がった。

「何で？　どうして？　この外来にかからなくちゃいけないの？」

と、強い口調で明美先生に訴えると、先生は、

「美幸ちゃんは全然眠れていないから、おかしなことを考えちゃうんだよ。睡眠薬を

もらって、一度ぐっすり眠ってみよう。何か悩みがあれば、神経内科の先生に話してみてもいいし。ね！」

と私をなだめるように言ってくれたが、やはり私は腑《ふ》に落ちなかった。しかし、受診を勧めているのが、元々大好きな明美先生だっただけに、拒《こば》み続けることができずしぶしぶ診察室へ入室した。神経内科の診察室は他の外来とは違い、部屋は普通の個室で医者以外の看護師や廊下の患者さんに話し声が漏れないようになっていた。もちろん、明美先生も中には入ってこなかった。医者はやんわりとした口調でいろいろと話しかけてきたが、私の口が最後まで一文字《いちもんじ》のままだったため、結局、

「ではとりあえず、安定剤と睡眠剤を出しておくので、一度ぐっすり体を休めてみましょうか」

と言う医者の言葉で診察は終了した。

明美先生が待っているはずの廊下へ出ると、そこには看護学校の主任の先生が立っていた。用事で席を外した明美先生の代わりに居てくれたのだった。その主任の先生とは何を話したのか全く覚えていないが、間もなく明美先生が息を切らして戻り、こう言った。

「今、豊田のおじさんとおばさんが迎えに来てくれたから、とりあえず、おじさん宅

でゆっくり休もう」

と。明美先生と主任の先生に両脇を支えられながら病院の駐車場へ向かうと、京子姉ちゃんと治おじさんが血相を変えて駆けつけてきた。二人は馬鹿なことをしでかしてしまった私を、叱るでも諭すでもなく、ただ抱きしめてくれた。

「とりあえず、家に帰ってゆっくり休もうか。のう？」

と優しく言ってくれた治おじさんの言葉が耳に残っている。いつもはポンポンとものをいう京子姉ちゃんも、

「あんまり考え過ぎたらいかんよ」

と、この時ばかりは口数が少なかった。以前の面影は全くなく、廃人《はいじん》のようになっていた私に、何て声を掛けてよいのか分からなかったようだ。

第二十二章　薬づけ

豊田の家に着いたのは、いったい何時頃だったのだろう？　もうこの辺りからは、瞬時的な映像でしか記憶が残っていないため、まるでこの世から日付けや時間がなくなってしまったかのようだった。

たぶんあれは、その日の夜のことだったと思うのだが、熊本に居るはずの姉といとこの海斗兄ちゃんが、豊田の家にやって来た。もちろん、ふと遊びにきた訳ではなく、明美先生から自殺未遂の連絡をもらい、居ても立ってもいられなくなった姉が海斗兄ちゃんに相談をし、急きょ飛行機で駆けつけたようだ。

瞬時的な映像の中で、姉は私の顔を見るや否や、ボロボロと大粒の涙をこぼして泣き崩れた。

そして京子姉ちゃんの弟に当たる海斗兄ちゃんは、その大きな手の平を私の頭にポンッとかぶせた。母を亡くしたあと、熊本に住んでいる海斗兄ちゃんには、とてもよくしてもらっていた。春、夏、冬と、天草に帰省する度に熊本空港から天草までの送迎をしてくれ、海水浴や魚釣り、いとこ達との飲み会など、帰省中天草で楽しく過ごすことができた大半は、海斗兄ちゃんのお蔭だと言っても過言ではないだろう。心底、大好きな海斗兄ちゃんだっただけに、こんな状態の自分を見せることが一瞬凄く恥ずかしく、情けない気持ちになった。何とか元気だった頃の自分を装おうとしたが、当然不可能だった。病院でもらった薬の作用も加わり、もう全く感情のコントロールができなかった。内服するとまもなく体がフワッと軽くなり、無意識の内に寝てしまうのだ。目が覚めると、夢か現実か区別のつかない世界で、与えられた三度の食事を取り、内服。気づかぬ内にまた眠り、目が覚める……の繰り返しになっていった。そのため、海斗兄ちゃんが一体いつ熊本へ帰ってしまったかも覚えていない。

ただ、私の精神状態が落ち着くまでは付き添うつもりで、最初から仕事場に長期休暇を依頼してきた姉が、目が覚めるたびに傍にいることが少し不思議に感じられた。

そういえば、実の兄も東京から豊田へ来てくれたようだ。お世話になっている治じさんと京子姉ちゃんに、頭を下げお礼を言っている映像と、これから先のことについて、兄と姉が真剣に相談している映像が記憶に残っている。

その話し合いの中では、私の精神状態がこのまま全く変わらなければ精神科病院へ入院させざるを得ないという案も出たようだ。東京で働く既婚者の兄には、当時生まれたばかりの赤ちゃんがおり、私を東京へ連れて行き面倒を見ることなどできるはずがなかったのだから、致《いた》し方《かた》ないだろう。だが、まだ独身だった姉が、今の仕事を辞めてでも私が回復するまで面倒を見る、と言ってくれたようで、その後しばらくは、豊田の家に姉と二人、お世話になることとなった。

そんな姉の思いに気づくこともなく、私は豊田に来てもなお、死ぬことばかりを考えていた。安定剤を飲んでも、睡眠をとっても、

（こんなダメな自分は生きていても、みんなの迷惑だ）

という観念が頭から離れないのだ。

心配した彼が車をとばし豊田まで逢いに来てくれたこともあったが、彼と二人で外出しても、もう手を繋ぐことすら受け入れられない自分になっていた。この世から自分を消したいと思っているためか、自分以外の誰かが私に接触することに対して、どうしても抵抗を感じてしまうのだ。以前の私に戻るように、必死で説得する彼。だが彼の言葉も、私の心に留《とど》まることはなかった。ただボーッと一点を見つめ、何の反応も示さない私を見て、とても悲しげな表情で、

「また、来るから……」

と去っていく彼。もう（ごめんね）の気持ちすら持てない自分になっていた。

そういえば明美先生からも時々豊田へ連絡があった。こんな状態でありながらも、先生の電話に出ると、まだ看護学校は辞めたくないし留年も嫌だ、と、言い張っていた。頑《かたく》なにも変なプライドだけは捨てられず、そのプライドが余計に自分を苦しめていた。

きっと支離滅裂というのは、このような状態を言うのだろう。睡眠から目覚めた直後は、

（やっぱり、もう一度学校へ戻って頑張れるかもしれない）

と明るくなる。そうかと思えば、数分後には、

（やっぱり私なんて死んでしまった方がいいんだ）

と暗くなる。しばらくは、その繰り返しだった。

そしていつしか私は、被害妄想まで持つようになってしまった。しかも、その矛先《ほこさき》は私のことを本気で心配し、ずっと付き添って三度の食事と薬を飲ませてくれている姉に対してだった。家にこもってばかりでは良くないと散歩に連れ出された際、道路に飛び出そうとする私の腕を掴み離さない姉。豊田の家の中でも私がキッチンへ行くと、包丁に手を伸ばすのではないかと、後ろから付いてくる姉。お風呂や、トイレに

入っている時間が少しでも長いと、

「大丈夫？」

としつこくノックをしてくる姉。

気がつけばいつも姉に監視されている。姉のせいで私は死ねないんだ。と、被害妄想はどんどん膨れあがり、姉がうっとうしくて堪《たま》らなくなった。そしてとうとう姉の前ではつい子どもの頃のような癇癪《かんしゃく》が出てしまい、取っ組み合いの喧嘩までするようになってしまったのだ。

そんな状態がまたしばらく続いたある日。死への執着心が次に考え出した計画は、治ったフリをすることだった。まずは姉の監視の目を振り払わなければ、いつまで経っても死ねないことに気がついたのだ。全く、利口なのか、おかしいのか、自分でもよく分からない頭だった。

（取りあえず、良くなっているフリをする！）

そう計画を立てた瞬間から、私は我を押し殺し、薬が効いてきたかのような演技をして見せた。発言は何を聞かれてもポジティブに、

「うん、今日は気分がいい」

で通し、死を臭わせる言動は極力見せないように努めた。

その結果、豊田に来て初めて、私は回復していると判断されたのだ。もちろん、判断者は姉と京子姉ちゃん夫妻だったのだが……。

私の思惑どおり、少し安堵した姉は昼間私を家に残し、仕事がらみの用事に時々出かけるようになった。もちろん、京子姉ちゃん家族は仕事と学校があるため、平日の昼間は誰もおらず、短時間ではあるが全く監視の目がない自由な時間を取り戻したのだ。

(しめしめ、後は次の神経内科受診日に、まだよく眠れないと嘘を言って、睡眠薬を増量してもらうだけだ)

私の計画は実にスムーズに進んでいった。そして、受診した翌日。私はまた平静を装って、親戚家族と、用事に出かける姉を作り笑顔で送り出した。もう何度か独りで留守番をしていたため、皆すっかり安心しているようだった。

(やっと、この日が来た)

独りになると私はさっそくキッチンへ向かい、昨日もらってきたばかりの薬の袋を手に取った。その中には睡眠剤や、安定剤、何の薬か分からない薬まで数種類の錠剤が二週間分入っていた。かなりの量だ。私はすぐに、そのすべての錠剤をテーブルの上にぶちまけると、両手でかき集め、何のためらいもなくコップに注いだ水で飲み込み始めた。全部を飲み込むまでに、何度同じ動作を繰り返しただろうか？　その後、強い睡魔に襲われながら居間の方へ移動すると、倒れるように仰向けに寝転がった。

（どうか、今度こそ死ねますように……。みんな、ごめんなさい……）

そう心で呟くと、静かに目を閉じた。

体が闇の中へ引き込まれていくような感覚を覚えてから、いったいどれくらい経ったのだろう？

〝バシッバシッ〟という音と共に、京子姉ちゃんの泣き顔が、チラッと視界に入った。だがその後の記憶は全くなく、気がつくと私は天草の姉のアパートに居た。

豊田で大量の薬を服用したあとのことを姉に尋ねたところ、まず最初に帰宅した京子姉ちゃんに、私は大量の水を飲まされたらしい。もちろんそれは体内の洗浄目的であり、あのバシッバシッという音は、もうろうとしている私を覚醒させようと、頬を叩かれた時の音だったようだ。あの気丈な京子姉ちゃんを怒らせ、泣かせてしまった。そしてとうとう、このまま豊田に居ても回復の見込みがないという判断で、天草に連れて帰って来たとのことだった。

服用当日に体内洗浄をされ、その翌日に姉と飛行機で帰省したというのに、その時の記憶が全くないのだから、二週間分の薬の効果はかなりのものだったことが分かる。

結局、このような状態で私が天草に帰省したことで、姉は仕事を完全に辞めざるを得なくなり、また、私自身も未練たらたらだった看護学校を退学する形になってしまった。もちろん、献身的に尽くしてくれた名古屋の彼とも、そのまま顔を合わせることもなくお別れとなった。

第二十三章

色なき世界

それからまもなくして、名古屋の寮から私の大量の荷物が送られてきた。京子姉ちゃんに治おじさん、そして同室だったちーさんと明美先生が、梱包《こんぽう》してくれたそうだ。本当に皆には最後まで迷惑をかけてしまった。

この時のことはよく覚えている。元々、狭くて古い姉のアパートが、私の荷物でいっぱいになり足の踏み場もない状態になったからだ。山積みのダンボールでふさがれ居場所のない現状と、先の見えないその状況は、まるで人生の暗闇にまぎれ込んでしまったかのようだった。

また当然のことながら、天草に帰ってもなお、私の通院生活は終わらなかった。今度は名古屋の看護学校の主任の先生の紹介で、天草から片道二時間半程かかる熊本市内の精神科病院へ通うことになった。

帰省後、初めての受診日に受けた衝撃は今でもよく覚えている。姉の車で病院に向かう際、あんなにキラキラと輝いていた天草の海が、晴天にもかかわらず灰色に見えたのだ。

　季節はもうすっかり夏に変わっていた。海水浴に来ている人々の群れが、キャーキャーという黄色い声と共に、私の視界へ飛び込んではくるのだが、その風景すべてが色のないモノクロの世界へと変わっていた。昔の私であったなら間違いなく心躍《おど》らせた風景であるにもかかわらず……。

　とうとう私の体は、その機能まで壊れ始めたのだろうか？

　更に道中、ラジオから流れたある音楽が私の心を締めつけた。それは当時流行っていた、『負けないで』という曲で、たびたび耳にしたのだが、サビのフレーズがとても耐えられなかった。そのフレーズを聞くたびに、自分が自分に負けてしまったことや、最後まで走り貫《つらぬ》くつもりだった学校も、結局退学になってしまったことに、大きな挫折感を抱き、

（自分は本当にダメな人間だ……）

　そう思わずにはいられなかった。かつてどこかで、

『負けるな。頑張れ』

　という言葉は、時として人を傷つけ、追い詰めてしまうことがあると聞いたことが

あるが、なるほど、身をもって納得だった。

熊本での精神科受診の初日。担当医と少し話をした後、私は心理カウンセリングを受けることになった。担当医は五十歳前後の男性医で、カウンセラー師は三十歳代位の女性の先生だった。お二人とも、さすがに精神科専門というだけあって、穏やかで、患者が話しやすい雰囲気を醸《かも》し出されていた。もしも、私が普通の患者であったなら、あぁ良い先生だなぁ、と思ったかもしれない。だが過去に看護師の経験があり、精神科の講義も受けたことのある私にとって、先生方の対応ぶりは実にわざとらしく感じた。

カウンセリング中も、私の話に対し、

「なるほど。なるほど」

と相づちをうつ『傾聴姿勢』や、私の発した言葉を全く同じように繰り返す『オウム返し対応』等、講義でならったカウンセリング技法を先生が使われるたびに、

(その手には絶対乗るもんか)

と、冷めた目で見ていた。

また、初日に描かされた『木』の絵に対しても、患者の心理状況を読む、一つの手

段だと知っていたため、（わざと思考とは違う絵を描いてやる……）と反発心を抱いた。だが現実は、頭で木を想像することだけでも精一杯で、紙に描き終えるまでにかなりの時間を費《つい》やしていた。

その後精神科には『心因反応』という診断名の元、二週間に一度のペースで受診することになった。これまでの経過や、多感期ということも含め、まだ様子観察中の段階であったため、とりあえず『心因反応』という診断名がつけられたようだ。二度目の受診日は、日々私に付き添っている姉の、心の負担を察知した担当医が、姉に対しても問診を始めた。

担当医の声かけに対し、堰《せき》を切ったように、泣きながら胸の内を語りだした姉を、私はまるで他人事のように見ていた。

（全く、誰が受診に来ているんだか……）

と、自分が姉を苦しめているにもかかわらず、罪悪感もない鬼のような私がいた。

姉の話の内容はこういったものだった。

「天草に帰省してからも妹が毎食後の内服を拒絶するため、毎回取っ組み合いとなり、最後は馬のりになり押さえつけて薬を飲ませている」こと。

また、「いつも妹は農薬を持ち歩いているため、少しでも目を離すと何をするか分からず、毎日不安で堪らない」とのことだった。

（農薬？　そういえばこの前、口に含んでみたが、口の中にビリビリと強烈な痛みを感じ、とても飲み込むことなどできなかったっけな？　あの農薬は、いったいどこで手に入れたんだろうか？）

と、飛び飛びの記憶を思い起こしながら、今や自分のやっていることがおかしい行為だということすら、感じることができなくなりつつあった。

また、ある日の受診日。外来の待合室に姉と二人で座っていた時のことだ。その病院に入院している中年の男性患者さんがフラフラと歩いて来て、私達の前でピタッと立ち止まった。そして私と姉の顔を代わる代わる見比べ、ニヤッと笑うと、

「頭がおかしいのは、こっちだ！」

と、私を指差したのだ。

思わず『カチン』ときて睨《にら》み返したが、同時に少しショックでもあった。かつては哀れんでいた精神科の患者さんに、今は自分が哀れみを受けていることが……。

八月。東京に居た兄家族が天草に戻り永住することになった。兄家族の事情と、妹である私のことが合い重なっての移住となったようだが、兄は帰省するとさっそく、姉のアパートへ一人の占い師（？）を連れて来た。ちょっと見は小ぎれいだが長い髪

を結った普通のおばさんに見えた。私がこうなってしまった原因と、これからの対策を伺ったようだ。

　こちら側の見解としては、私が名古屋で宗教へどっぷりと浸かってしまったことが、おかしくなった原因ではないかと、兄が占い師に伝えていたが、

（それは違う！）

と私は内心反論していた。だってあの時宗教に出会っていなければ、私はもう既にこの世からいなくなっていたかもしれないのだから……。

　兄や姉から、いろいろと私の情報を得た占い師の回答で、私が覚えている限りの記憶では、私にとって名古屋方面は運気を落とす方位だったそうだ。この言葉には素直に納得がいった。十六歳の頃名古屋の地へ初めて足を下ろした時から、何かどこか落ち着けない場所だということは体が感じていたからだ。

　また、私のこの先について、占い師は、

「この人は必ず近い内に回復して、いつか、持って生まれた才能を発揮できる日が来ますよ」

　と断言した。この廃人のようになっている妹が、本当に回復するのだろうか……？

占い師さんの回答に、

「はぁ……」

と語尾下がりに答えた兄の声が、私達きょうだいの半信半疑の思いを上手に伝えていた。帰りぎわ、占い師からいただいた四つの砂の小袋は、その後数年間、アパートの柱の上に置かれていた。

第二十四章

光

その後もしばらくは、兄と姉に付き添われ二週間に一度、往復五時間の精神科通いは続いた。行きは兄が運転し、帰りは姉が運転し、後部座席の私は相変わらずボーッとしたまま、車外に流れる色のない世界を眺めていた。

だが、その色のない世界ともサヨナラできる日が、まもなくやってきたのだ。

それは、弓なりに続く天草の海が静けさを取り戻しつつあったので、たぶん夏の終わり頃ではなかっただろうか？

いつものように精神科へ受診し、担当医と話をしている時だった。珍しくその日は、自分の胸の内を素直に打ち明けようとする私がいた。

「こんなバカで駄目な人間は、生きていても仕方がない。どうせみんなに迷惑をかけるだけだし、天国の両親に対しても親不孝だと思う……」

とポロリ。

その発言に対し、いつもは傾聴姿勢の多い担当医がゆっくりと口を開いた。

「う～ん、そう思うのか……。でも僕はそうは思わないよ。僕も一人の親だからよく分かるけど、たとえ子どもが駄目人間だろうが、バカだろうが、生きていてくれること、それだけで親にとっては親孝行と同じなんだから……」

と。

自分でも驚いたのだが、その言葉を耳にするや否や、私の目から大粒の涙が溢れ出していた。まるで誰かに涙のスイッチを押されたかのように、我を忘れてウォンウォンと声をあげ泣き崩れた。

いったいどれくらい泣いていただろうか？　気がつくと横にいた姉も一緒に泣いていた。

今にして思えば、あの時、まるで滝のように溢れ出したあの涙は、もしかすると天国で見守っていた父や母の想いだったのかもしれない。

その日の帰り道、私の中で奇跡が起こった。車窓に映る天草の海が水色に、そして水平線に浮かぶ島原半島と、どこまでも続く道沿いの山々がうっすらと緑色に見えたのだ。それは長い間霧の中をさ迷っていた自分が、ようやくその出口を見つけたかのような感覚に似ていた。心が晴れるとは、こういうことを言うのだろうか？

　パンパンに泣き腫らした瞳に映る天草の景色が、色という形で私に一筋の光を与えてくれている、そんな気がした。

　それからは、色のある世界を完全に取り戻すまでに、さほど時間はかからなかった。熊本には兄や姉以外にも、いつも近くで私を元気づけようとしてくれるいとこ達もいた。中でも三つ年下で昔から弟のような存在だった陸は、天草で車の免許を取ったばかりということもあり、私をあちこちとドライブに連れ出してくれた。本当に久しぶりに、色のある天草を満喫できた気がした。そんな中、陸のある言葉が胸に響いた。それは、

「美幸姉ちゃんが天草に帰って来てくれたけん、俺、どんこん嬉かとばい」

　というさり気ない一言だった。ハッとした。

　これまで私は学校を退学したことに対し、挫折感と劣等感を感じて、なかなか立ち直ることができずにいた。だが、すぐ傍で私を支えようとしてくれている人達にとっては、私が学校を辞めようが辞めまいが、そんなことはどうでも良かったんだと、やっとこの時気がついたのだ。そして、そのままの自分を丸ごと受け止めてくれている兄や姉、親戚やいとこ達に対し、

（本当にありがとう）

という気持ちで一杯になった。

展望台のある丘の草原に寝転んで、陸と一緒に仰《あお》いだあの澄んだ青空は、きっと一生忘れないことだろう。

第二十五章

再チャレンジ

天草の自然に触れ、幼い頃のような天真爛漫《てんしんらんまん》さを取り戻し始めた私が、帰省後の天草で最初に関心を持ったのはコンビニのアルバイトだった。

これまでひたすら看護師の仕事と学業に追われて過ごした私にとって、看護師以外の職業はとても魅力的に感じられた。また、高校時代に友達と遊びに夢中になったり、アルバイトをした経験もなかったため、〝アルバイト〟というフレーズに対しては、憧れにも似た想いがあった。

もちろん最初は兄達から、まだ心配だと反対された。しかし、精神科の担当医へ相談したところ、社会復帰への練習としてやってみても良いのではないか、という返事をいただいたため、即、面接の準備に取りかかった。

こんなにも心底ワクワクした気持ちで何かに取り組むのは、中学生以来だったのではないだろうか。

そして二十二歳の秋。私は初々しくもコンビニエンスストアへ就職した。働きだしてからの感想は、

（なんて楽しい仕事なんだろう）

の一言だ。有線のかかっている店内で、品出ししたり、掃除をしたりレジを打ったりしながら、接客時はニコニコしていて良いのだから、何もかもがとても楽しかった。また時期を同じくして、私の介護のために無職になっていた姉にも次の就職先が見つかり、健康で仕事ができる状況に対し、改めて幸せを感じずにはいられなかった。

天草の山々がうっすらと紅《あか》く色づき始めた頃、とうとう精神科病院ともサヨナラをする日がやってきた。もう薬もカウンセリングも全く必要ない、と判断されたからだ。最後のカウンセリングで、私はまた『木』の絵を描かされた。今度は初診時とは全く違い、とても気持ち良くスラスラと心に浮かんだ大きな林檎の木を描いた。ひと通り描き終えるとカウンセラー師はニッコリと微笑み、初診時に描いた木の絵を茶封筒から取り出し、横に並べて見せてくれた。

廃人だった頃の自分が、どんな木の絵を描いたのか、全く覚えていなかったのだが、二つの絵を見比べて愕然とした。信じられないくらいに、みごとに心理状況が表れていたからだ。

初診時に描いた木は、地面には立っておらず、リンゴの実だけは描かれていたものの、色はなく、見るからに枯れ木のようだった。

しかし、今回描いた木の絵は、何もかもが逆だった。木はしっかりと大地に根を張っており、枝は、一枚一枚が青々とした緑の葉っぱで埋めつくされ、リンゴの実は色鮮やかに熟していた。どこから見ても誰が見ても『立派な実の成る木』だった。カウンセラー師曰《いわ》く、しっかり大地に根を張り、立っているこのような絵は、精神状態がとても安定していることを表しているそうだ。おまけに私は木の周りの土に雑草まで描いていた。これは、自分だけでなく、周りにも目を向けられるようになったゆとりの表れらしい。その絵を見ながら、

（これからはしっかりと地に足をつけ、頑張り過ぎず、等身大で生きていこう。いや、今度こそ必ずいい加減に（ちょうど良い加減で）生き抜いてみせる！）

心の中でそう呟いていた。

「先生方、本当にありがとうございました」

あんなにも抵抗していた精神科病院に、少し愛着を残しながら私は病院をあとにした。

秋半ば、すっかり回復した私は、小中学校の友人で天草に戻り仕事を始めていたユリちゃんや、咲ちゃんと、また昔のようによく遊ぶようになっていた。

ある日、ユリちゃんと母校の中学校へ遊びに行った時のことだ。古い木造の校舎内へ入ると、中三の頃に感じた様々な思いが走馬灯《そうまとう》のように頭の中を駆け巡った。その中には二十四時間テレビに衝撃を受け、看護師になろうと決めた、あの夏の晴れ晴れとした自分の姿もあった。そしてその決意を、陰で喜ぶ母の笑顔も……。

懐かしい母校の空気に包まれながら、沸々と心の奥で湧き上がる、内なる声に耳を澄ますと、

「もう一度、一からチャレンジしてみたい。もう一度、自分自身を試したい」

そう聞こえた。そしてその言葉には、微塵《みじん》の迷いもなかった。

こうと決めたら即行動。これは昔から自他共に認める私の特技だ。数日後には熊本県内で自分が気になる看護学校の資料を取り寄せていた。またもや兄や姉の心配をよそに、もしも実力で看護学校に受かったら、行かせてほしいと懇願《こんがん》し、何とか許可をもらった。

思えば、名古屋の准看護学校も、正看護学校も、推薦入学だったため、一般で普通に受験をするという体験は初めてだった。数学、国語、社会、英語等、久しぶりに学

生のような勉強をしながら、ドキドキ、ワクワクと心が躍った。受験日まではわずか二ヶ月足らずだったが、不安はなかった。理由は、決して頭に自信があったからではなく、二ヶ月間やるだけやって出た結果であれば、どんな結果でも受け入れられると思えたからだ。受かるも運命、落ちるも運命。どちらに転んでも、それが私の歩むべき人生の道なのだろう。

いつの間にか私は、精一杯やってあとは運を天に任せる、という生き方を楽しめる自分に変わっていた。

これまでに、人生は自分の思いどおりには決して進まない、という経験を嫌というほど得たことで、自分は、いや人間は皆、きっと何らかの偉大な力で生かされているんだ……ということを魂が悟《さと》ったからだろうか？

そしてその冬。私は天草市内の正看護学校と、熊本市内の正看護学校の二校を受験した。結果は封書で郵送されるため、ドキドキしながら郵便物を待つことになろうかと思っていたが、合格発表の当日、バイト先のコンビニへ行くと、

「おめでとう。受かってたよ。頑張ったね」

と笑顔で店長が出迎えてくれた。そういえば姉のアパートでは新聞を取っていなかったので、新聞にも記載されることをすっかり忘れていたのだ。私の名前がマーキン

グされた紙面を、ニコニコと開いて見せてくれた親切な店長の厚意《こうい》が、受かった喜びを二倍にしてくれた気がした。

結果的に二校共合格した私は、地元の天草市内ではなく、車で二時間半程離れた熊本市内の看護学校を選択した。理由は、もう一度きょうだいに頼らずに独立したかったことと、熊本城がすぐ近くにあり、やや都会の熊本市内で、ちょっと遅れた第二の青春時代をエンジョイしたかったからだ。

熊本看護学校へ入学が決まったこの頃、私は間もなく卒業を迎える名古屋の看護学校の皆へ手紙を出している。明美先生と同室のちーさんへ、たいへんお世話になったお礼と、クラスメイトの皆へ『卒業おめでとう』という内容の手紙だった。心から、辛い実習を乗り越えた皆に『おめでとう』と、伝えたかったたし、自分自身も手紙を書くことで過去の自分にケジメをつけ、新たなスタートラインを切りたかったのだろう。

第二十六章

繋がり

（熊本で思う存分エンジョイしたい）その想いどおり、全日制二年過程の正看護学校は本当に楽しかった。アパートから看護学校までの川沿いの通学路から熊本城が見えるだけでも、とても幸せな気持ちになれた。名古屋に出てすぐの頃、あれほど思い焦《こ》がれた故郷熊本の中心部に住んでいるんだ、という喜びが、熊本城を見上げるたびにこみ上げていたのだ。

そういえば、同中学校から一緒に名古屋へ行き、そのまま名古屋で嫁いだ友人のみどりがお盆の帰省中、何気なく言ったある言葉が今でも脳裏に焼き付いている。

「美幸はとっても辛い思いをしたかもしれないけど、結果的に熊本に住めるようになって本当に羨ましいよ」

と。

（全くそのとおりだなぁ……）

素直にそう思った。
（もしもあんなふうに体を壊すことがなかったら、きっと私は、いつも献身的に支えてくれた名古屋の彼を裏切って、帰って来ることなどできなかっただろう。彼との別れや、学校を辞めざるを得なくなったことは、心底辛かったけど、今は熊本に住めるようになったことに、幸せを感じているもんな……人生は自分が望む何かを得るため、何かを失い、辛い思いをした分、幸せになれる。本当にそんなふうになっているのかもしれない）そう思った。全日制の正看護学校をこんなに楽しく感じるのも、きっと名古屋の看護学校で多忙な日々を経験したあとだからだろう。人生に無駄はない。昔の人はよく言ったものだ。

看護学校の二年目は、さすがに名古屋での貯金も底をついてきたため、週に三、四日程は準看護師として夜勤のバイトをすることにした。再び、学業と仕事を兼ねる生活にはなったものの、今回は少しも苦にはならなかった。

名古屋での経験を踏まえ、夜勤がない夜は、十分に睡眠をとるように心がけ、食事もバランスを考えてなるべく自炊した。また、通学も自転車や徒歩にするなど、運動にも心がけた。健康は「食事」と「睡眠」と「運動」の、三本柱のバランスが大切と授業で教わったが、正にそのとおりのようだ。またそれに加え、ストレスを溜め込まないことも大事だと分かっていたので、自分なりのリフレッシュ方法も模索した。

以前より興味があった二輪の免許を取得し、阿蘇山や熊本港へのツーリングを楽しんだり、時には深夜までパーッと飲み歩いたりもした。相手は、保育園からの友人で熊本市内で働いていた紀っ子ちゃんや、当時付き合っていた彼、また、仲の良いいとこ達とだ。飲んで、歌って、笑って、楽しんで。こんな生活で、ストレスなど溜まる訳がなかった。

そうそう、歌って笑ってといえば、熊本の看護学校でも、各クラスが出し物をするちょっとした学校祭があったのだが、一年目はアラジンの『完全無欠のロックンローラー』を、そして二年目はシャ乱Qの『ズルい女』を友達と歌って踊り、完全に元の私に戻っていることを再確認した思い出がある。

熊本での暮らしは、日々、学業、仕事、遊びとメリハリがあり、そんな生活がとても心地良かったせいか、時々朝目覚めると、ふと過去に自殺未遂をしてしまった自分は夢の中の自分だったのかもしれない……と、思ってしまう時もあった。だが、そっと左手首に目をやると、そこには何度も切り裂《さ》いた傷を縫合した跡がくっきりと残っており、私が犯《おか》した大きな過《あやま》ちを深く反省せずにはいられなかった。

あの時の私を含む、自殺願望のあるほとんどの人達は、きっと自殺をすることで楽になれると思っているはずだ。だが、冷静な今ならよく分かる。霊能力のある人達が口を揃えて言われているように、肉体は消えても、魂は残るものであるとして、仮にあの時、自殺行為が成功していたならば、私はきっと永遠に苦しい思いから逃れられなかったことだろう。あの時の、モヤモヤとした重苦しく、とても耐え難い想いを胸に抱きながら、成仏できずに、しかも誰にも気づいてもらえないまま、いつまでも、この世をさ迷い続けていたかもしれない……。そう思うと本当にゾッとする。

今、自殺願望のある人達が、どうか思い留《とど》まってくれますように。もしくは、どうかその自殺願望が成功しませんように……。

そう願わずにはいられない。

この先、このような想いを人に話す機会など、恐らくないだろうと思っていた。

だが、その機会は看護学校二年目の実習中に訪れた。

熊本市内の総合病院へ実習に出た私は、肝臓疾患で入退院を繰り返している三十歳代の女性、Nさんを受け持つことになった。Nさんは黒髪のロングヘアーで、背も高く美人だった。

しかし、とても痩せていて、骨と皮といった体は痛々しくも見えた。カルテ上からは、なぜ肝機能障害を繰り返すのか、これといった原因は把握できなかった。だが、実習二週目に入り、気分転換をしてもらおうと誘い出した車椅子での散歩中、意外にもNさんの方から話しかけてきてくれた。

「私ね、今まで誰にも言えなかったことがあるの。だけどなぜか、あなたには言える気がする。聞いてくれるかなぁ？」

という、控えめな口調から始まった。

「私でよければ、もちろんです」

と、屋上のベンチに車椅子をつけ、二人でベンチに座り直すと、私はNさんの話に耳を傾けた。Nさんは昔から内向的な性格だったらしく、本音で人と話すことができず、これまでに学校や職場の人間関係で多くの悩みを抱え、気がつくとお酒に走っていたらしい。日々、我を忘れたいがために飲んだお酒が原因で、肝機能を悪くしたようだ。「もう死んでしまいたい」という思いも、時々湧き上がってくるとのことだった。

涙声で話すNさんの話を聞きながら、私は目頭が熱くなっていた。

中学生の頃までの私だったなら、きっと、

（この人は三十代にもなって、何て甘ったれたことを言っているんだろう）

と、Nさんを罵《ののし》ったかもしれない。でもその時の私には、Nさんの心の葛藤と、他人からは計り知ることのできない精神的な苦しみが痛い程分かった。

Nさんに対する返事として、自分の過去を話そうか話すまいか少し迷ったが、今が死にたい程苦しくても何とか生き抜きさえすれば、いつかきっと良いこともあるはず、という思いを伝えたく、私はNさんに自分の過去を話すことにした。

私の過去を話し終えると、Nさんは大粒の涙を流していた。そして私も、もう目頭では止められず、二人して泣きながら笑った。そこにはもう、実習生と患者さんという関係はなかったような気がする。人間対人間として過ごした、とても貴重な時間だった。

内科病棟での実習最終日――。私はNさんから手紙を頂いた。家に帰り、ゆっくりと手紙に目を通すと、手紙にはこう綴られていた。

『今回の入院生活で美幸ちゃんが、私の担当の看護師さんになってくれたこと、本当に感謝です。美幸ちゃんに話を聞いてもらい、また、美幸ちゃんの話を聞き、もう一度よく、自分の周りのことを見つめ直してみました。そして、改めて気づいたことがあります。私には私のことを心から心配してくれている父や母がいること。そして、人並みに就職もできていること。こんな恵まれた環境にいるのに、いつまでも心の殻に閉じこもって、親に心配をかけ続けてはいけないね。美幸ちゃんが言ってくれたように、いい加減に（ちょうど良い加減で）頑張ってみます。心がとても軽くなりました。美幸ちゃんに出会えて良かった。本当にありがとう』

あの苦しかった過去が、人の役に立ったんだ……。そう思うと素直に嬉しく、涙がこぼれた。

またその後も、これに似た経験は数回訪れた。

神経内科に受診中の年下の女性にひょんなきっかけで出会い、その女性が心の病を克服《こくふく》し結婚した際も、私の経験が励みになって将来に希望が見えた、と言ってもらえたり、中には、親を早くに亡くした私と比べると、自分は恵まれているんだから頑張らないとね、と、私の環境と比較することでパワーに繋げる人達もいた。両親の有無による生活環境の比較を、以前の私なら不愉快に思ったかもしれない。

だがもうその頃の私は、それはそれで、その人が前向きに生きるためのきっかけになっているのであれば、嬉しい限りだと思える自分になっていた。

そういえば、熊本での看護学生中、私が元気に回復した姿を一目見たいと、熊本まで来てくれた名古屋の彼の言葉もよく覚えている。

「美幸との付き合いの中で、人生何が起こるか分からないということを痛感したよ。別々の道を歩まざるを得なくなったことは本当に残念だけど、美幸と出会えたことで、人生の生き方をたくさん考えさせられたのは良かったと思っているよ。俺もかなり苦しかったけどね」

彼はそう言って、静かに笑った。

一方的に、相当辛い思いをさせてしまった私に、こんな言葉をかけてくれるなんて……。

（大きな愛を本当にありがとう）

感謝の気持ちで涙が溢れた。

周囲を巻き込んだあの苦い経験は、決して無駄ではなかったことを、周囲の人の言葉によって改めて知ることとなった。本当にありがたい話だ。

第二十七章

魂の再会

二十四歳の春。二度目の正看護学校を無事に卒業。卒業式には天草から兄が駆けつけてくれた。

兄とは幼い頃、喧嘩ばかりしていたが、思えばいつしか私の親代わりにもなってくれていた兄と、天草から一歩も離れず、いつも私の帰る居場所となってくれていた姉に対し、これからは少しでも恩返しができたらいいな、と式の間、これまでのことを振り返り、思っていた。

そんな思いで、看護学校の校舎をバックに撮った兄との記念写真は、なぜか今でも兄宅の仏壇に飾ってある。きっと兄が天国の両親に対し、もう心配しなくても美幸は大丈夫だよ、という思いで飾ってくれたのだろう。

そして私も、卒業後真っ先に向かった先は、父と母が眠る天草のお墓だった。

「お母さん、ちょっと遠回りしたばってん、あの日の約束、果たせたばい。これからは、お父さんとお母さんの分まで、関心をもったことには何《なん》にでもチャレンジして、悔いのなか人生ば送るけんね。たぶんこれからも、人生いろいろとあるやろうけど、楽しい気持ちは辛い気持ちば味わってこそ楽しいと感じるってことも、よう分かったけん、もう何があっても大丈夫。今度こそ、私の本当の寿命まで生き抜いたら、いつか笑って逢えるよね？」

墓前に向かい、卒業証書の入った筒を左手に掲げ、右手でVサインをしている私を、両親が大空の上から笑って見ている、そんな気がした。

あれから十四年。この間私は、傷ついたり傷つけたりの恋愛を人並に経験し、仕事では看護師以外にも心の赴《おもむ》くままにチャレンジをした。世界規模で展開しているハーブ製品会社の販売に携わり、製品を開発されたノーベル賞受賞博士をはじめ、権威《けんい》ある博士のスピーチを直接聞きたいがために、海外のイベントに参加したり、某有名な洋服店に勤めてみたり。

また、趣味においてもバイク以外に、絵画（シルクスクリーン）の魅力にどっぷりとはまり、ロサンゼルスに在《あ》る大好きな画家さんのアトリエ見学ツアーに一人で参加し、そのツアーで意気投合した友人と、パリのルーブル美術館まで足を運んだりもした。

周囲からは、乗っている車はポンコツでありながら、たかが絵の一枚に百万単位のお金をかけるなんて……と、ちょっと変わり者扱いされたが、変人扱いされることは別に嫌《いや》ではなかった。

誰に迷惑をかける訳でもなく、自分の好きなことをやっているのだ。人からどう思われようと、気になる訳がない。

このように、本来とても好奇心旺盛な私は、一見、気の多いだけの人間として捉えられても仕方がないのだが、唯一、胸を張って言えることがある。それは、この十四年間すべてにおいて、いつも私は真剣だった、ということだ。

真剣に恋をし、真剣に仕事をし、真剣に遊び、真剣にのんびりし、真剣に睡眠をとる。訳の分からない表現かもしれないが、気がつくと、たった一度の、限り有る人生の時間を真剣に過ごすことが、私のモットーとなっていた。

こんな調子で、今日《こんにち》まで様々な経験を重ねつつ、今改めて、感じていることがある。

そう、それは、『人生の宝は人との出会い』ではないだろうかということ。老若男女、親族、友人、知人を問わず、ご縁のある人達との出会いは、いつも生きる上でのプラスのパワーを与えてくれる。そして、そんな出会えて良かったと思える大切な人達とは、本当にくだらない話でも心底笑い合え、その空間が、私にとってはとても幸せなひと時だと感じられるからだ。

また、この十四年間で、私は運命の人と出会い、四人の息子を授かった。自分の夢を追いかけることに夢中で、結婚願望など微塵《みじん》もなかった当時の私が、出会ってわずか三ヶ月で結婚を決めた今の主人を、運命の人だと言い切れるのには訳がある。それは、出逢った直後から自分の意思以上に、私の背後で後押しする見えない力を感じたからだ。言葉にするには難しく、人にはとても理解してもらえないかもしれないが、どう転んでも私は今の主人と一緒になるよう定められていた気がするのだ。また、プロポーズの返事をする際にも（この人とならいつか二倍の力で、夢を叶えることができるかもしれない……）と、直感的に感じたのだが、どうやらその直感も的を射たようだ。

それを証明するかのように、結婚後私の夢は更に膨らみ、現在も夢に向かって邁進《まいしん》中だ。恐らく私は、お婆ちゃんになっても、死ぬ瞬間まで、何らかの夢を追っかけていることだろう。例えばその中に叶わぬ夢があったとしても、夢は決して一つでなくても良いのだから気にすることはないのだ。このように、思い込むと脇目も振らず突っ走ってしまう私に、時にはブレーキをかけさせ、本当にこの方向で良いのか、もう一度しっかり考えさせたうえで陰ながらそっとサポートしてくれる、こんなパートナーはこの世に主人しかいないだろう。

主人との結婚式は、主人の実家の在る町の公民館で、本当に田舎の手作り披露宴と言わんばかりの式を挙げた。その式に〝廃人〟の時にとてもお世話になった豊田の治おじさんと、京子姉ちゃんが、私の親代わりとして出席してくれたことや、それまで私を支えてくれたきょうだいや、親戚、友人や恩師があちこちから駆けつけ、心から祝福してくれたことは、生涯忘れられない思い出だ。

改めて、周囲の人達への感謝と共に、本当に人間は独りでは生きられない生き物だ、ということを痛感した。

最後にもう一つ。

四人の息子を持つ母となった今、しみじみと感じていることがある。

それは十四年前、墓前で語ったあの想いは、時代を巡って現実になるであろうということだ。

いつの日か、私も両親のように今の家族と別れ、天国へ旅立つ日が必ず訪れる。天国へ昇った私の魂は、きっとこう願うだろう。

（どうか残された家族が、それぞれの本当の寿命まで、一度きりの人生を満喫してくれますように！）

と……。

そして懸命に生きる家族の姿を、天国から両親と共に見守っているはずだ。いつか再び笑顔で逢える、その日を楽しみにして。

半生を生きて今、私が思う天国とは、人種を超えた皆が自由で、この世で心の通じ合ったいろいろな人達の魂と再会できる、とても素敵な場所のような気がしている。

だが、そんな天国までの切符をすぐに買うことができる魂は、きっとこの世で自分の人生を、最後まで貫き通した人達（魂）なのかもしれない……。

あとがき

この度は、当自叙伝をご一読くださいまして、ありがとうございます。

本文にも記載しましたとおり、私はただいま四人の息子の母親です。文面上からは今現在、毎日がほのぼのと、とても幸せな暮らしをしているかのようなイメージを受けられるのではと思いますが、実際のところ育児中＝戦争中であり、超ヤンチャな四人の息子達に雷を落とすことが日課となっております。たまに、自分の幼少時代は棚に上げて、よくここまで叱れるもんだと感心しなくもありませんが、今は『しつけ』という責任を負う親の立場なのですから、仕方がないのです（笑）。

育児はそれなりにストレスが溜まります。

ですが時おり、一人の時間を持ち自分を客観視できると、しみじみ感じます。きっとこんなふうに、怒ったり、落ち込んだり、泣いたり、笑ったりを繰り返す日々の生活こそが、実は人間が生きている証であり、とても幸せなことなのだろうと……。

さて、話は変わりますが、今回この本を出版するにあたり、私がどん底だった頃ずっと傍で付き添ってくれていた姉に、当時の思いを聞いてみました。すると姉はしばらくの間沈黙し、その後大粒の涙をボロボロとこぼしながら、こう口にしました。

「あの時は、母の死後からずっと頼りにしてきたきょうだいを失うかもしれないことが何より怖かったし、絶対に失いたくなかった……」

と。普段の姉は自他共に認める程とても内気な性格ですが、もしかすると私は、この姉の、〝共に生き抜こう〟とする執念に救われたのかもしれないと、改めて感謝の気持ちが溢れました。

ですが、その姉もまた、当時の彼（現在の夫）の存在に支えられていたのも事実であり、そう考えると、約十六年前に精神科医がかけてくれた、あの言葉の意味、深さを感じずにはいられません。きっと人間は、生きているだけで誰かの支えになっていることが、往々《おうおう》にしてあるのでしょう。

当初は、かなり抵抗を感じた精神科への受診。

恥じるべきことですが、私は看護師を目指しながらも、精神科疾患に対しては偏見があったのだと思います。また、当時たいへんお世話になった正看護学校の担任K先生も、私の出来事を通して、精神科疾患に対し多少の偏見があったことに気づかされ反省していると、正直に話してくださいました。

偏見の内容は様々であるにせよ、恐らく日本の社会には多かれ少なかれ、このような風潮があるのではないでしょうか。

ですが今では、自《みずか》ら自分の心と向かい合い、カウンセリングを受けている方々を見ると、本当に偉いなぁと、感じている自分がいます。

ストレス社会といわれる現代において、心の病と闘っている方々は決して少なくないでしょう。どうかそのような方々が身体的病と同様に、世間体《せけんてい》を気にすることなく、心のケア施設へ受診できますように……、また、そんな社会となることを願わずにはいられません。

最後に、宗教についてですが、私は今でもご先祖様の供養はY教でさせてもらっており、信仰心や宗教自体を批判する気持ちなど一切ないことを、ご理解頂けたらと思います。

今回、当自叙伝の発刊にあたりご尽力頂きました文芸社の皆様、本当にありがとうございました。この度の出逢いにより、私の人生の宝物がまた一つ増えましたことを、心から感謝いたします。

著者プロフィール
田中 美幸（たなか みゆき）
1972年熊本県生まれ
1990年３月愛知県内準看護学校卒業
1992年３月愛知県内夜間定時制高校卒業
1994年６月愛知県内３年課程定時制正看護学校中退
1995年４月熊本県内２年課程全日制正看護学校入学
1997年３月同校卒業
2000年熊本県にて結婚し、現在は４人の育児に奮闘中

本当の寿命まで生き抜いたら
いつか笑って逢えるよね

2010年11月15日　初版第１刷発行

著　者　田中 美幸
発行者　瓜谷 綱延
発行所　株式会社文芸社
〒160-0022　東京都新宿区新宿１－10－１
電話　03-5369-3060（編集）
03-5369-2299（販売）

印刷所　広研印刷株式会社

ISBN978-4-286-09532-5　　JASRAC 出1011738－001